KB172198

바라;봄

바라; 봄

김건종 지음

정신과 의사의
일상 사유 심리학

포르*케

사소한 것의 깊이

십 년째 작은 소도시에서 소소한 일상을 살고 있다. 매일 같은 자리에 앉아 일하고, 집에 와서 쉬고 논다. 하지만 이 심심하고 뻔한 생활 속에서 가끔 내밀한 움직임들이 일어나고, 잠시 이상하게 낯선 온도와 색채로 다가오는 일상을 문장으로 붙잡아보곤 한다.

그 문장들을 자세히 들여다보면 결국 욕망이나 인식이 담겨있다. 바라는 것들이 생겨나거나 스러지고, 보이는 것들이 드러나거나 사라진다. 그렇게 나는 바라고, 본다. 바라본다.

언젠가부터 문장들을 수집해 왔다. 내 마음에서 생겨난 문장들이 있고, 책에서 읽은 문장도 있다. 진료실에서 듣거나 말한 문장이 있고, 아내와 나눈 문장도 있다. 두 아들이 아빠에게 이야기해준 문장이 있고 꿈에서 떠오른 문장도 있다. 마음의 움직임이 문장을 만들고, 어떨 땐 문장이 마음을 움직인다.

그 문장들이 흐려지고 흘러가고 흩어지는 게 어느 날부터 아쉬워 구석에 조금씩 모아왔고, 찬찬히 다듬어 하나로 묶은 것이 이 책이다. 그래서 이 책은 사실 내 것이 아니다. 여기 담긴 아이디어는 거의 다 내게 말을 걸어 준 사람들과 저자들에게서 왔고, 나를 움직인 세상과 사물들에서 왔다. 나는 감사하는 마음으로 그 생각들을 잘 담는 방법을, 그 움직임을 훼손하지 않고 전달하는 방법을 고민했을 뿐이다.

많이 부족한 원고를 이렇게 책으로 담아주신 포르체 출판사의 박영미 대표님과 원지연 편집자님께 감사드린다. 언젠가부터 내가 마치 초등학교 운동회에서 아이들 손에서 손으로 옮겨지는 커다란 공 같다는 생각을 한다. 멀리서 보면 공이 주인공처럼 시선을 받으며 스스로 굴러가고 움직이는 것 같지만, 사실 그 밑에서 수많은 사람들이 힘을 쓰고 있다. 그렇게 나를 여기 이 자리까지 옮겨준 모든 분들께 감사한다. 지금 나를 가장 든든하게 받쳐주고 있는 아내 신기원과 두 아들 민기, 민건에게도 고맙다는 말을 꼭 하고 싶다. 이제 원고 쓴다고 골방에 그만 박혀있을게. 우리 같이 봄꽃 보러 가자.

2022년 삼월,
목련이 처음 핀 날 남도에서
김건종

"우리는 확실치 않은 내적인 움직임에 따라
생애의 거의 모든 결정적인 걸음을 내딛게 되지요."
- 《아우스터리츠》, W.G. 제발트

차례

1장.

살펴 봄
ㄱ-ㄴ

가로수

～

시내버스를 타고 오동도에서 여수 버스터미널로 가는 언덕을 넘으면 족히 오십 년은 된 듯한 벚나무들이 길을 따라 나란히 서있다. 나무들은 어느 봄날 일제히 꽃망울을 터트린다. 수천 송이의 꽃들이 하나하나 작은 전구인 듯 켜져 공간에 빛을 보태고, 대기는 희고 투명한 꽃잎들이 바람에 파르르 떨며 울려대는 설레는 진동으로 잔뜩 부풀어 오른다. 그날 필름 카메라 한 대와 든든한 삼각대를 들고 언덕 위 정류장에서 내려 다음 정류장까지 터벅터벅 걸으며, 나무 한 그루 한 그루 앞에 서서 나무들의 독사진을 찍어준다면 어떨까 상상했다. 필름을 8×10 정도 크기로 인화해서 긴 벽을 따라 죽 이어 붙여본다면 어떨까? 나무는 마치 우리 인간처럼 다 비슷하지만 자세히 보면 하나도 같은 게 없어서, 키도 다르고 첫 가지가 갈라지는 높이도 다르고 꽃이 피는 순간도 어제오늘 아침저녁으로 미묘하게 다르다. 그렇게 각자가 고유한 생을 산다. 오케스트라 단원 한 명 한 명이 각기 다른 소리로 하나의 음악을 만들 듯, 나무 한 그루 한 그루가 모여 봄날을 이룬다.

가장자리

～

현대 화가 데이비드 호크니는 사진가 카르티에 브레송을 만나 드로잉에 대해서 이야기하면서 "그것은 가장자리(the edges)를 관찰하는 것"*이라고 말했다. 사물의 중심이 아니라 가장자리에 집중함으로써 사물과 사물 사이의 관계를, 세상 속 사물의 존재 방식을 이해할 수 있다고 했다. 심리치료사 다이애나 포샤는 《감정의 치유력》에서 한 내담자의 심리적 변화에 대해서 서술하는데, 여기에서 내담자는 "시야의 가장자리에 무언가 느껴져요. (중략) 시야의 가장자리에

---

* 데이비드 호크니, 마틴 게이퍼드, 신성림 옮김, 《어린이를 위한 그림의 역사》, 비룡소, 2018.

있는 것은 내가 되기로 예정되어 있던 사람, 내가 항상 되어야 했던 사람, 하지만 내가 도저히 될 수 없을 것 같던 사람이에요"라고 말한다. 감당할 수 있는 것의 경계에서 감당할 수 없던 것이 천천히 출현한다. 존재 방식 자체가 깊이 변화하는 경험이 바로 그곳, 가장자리에서 시작된다. 그리고 보면 얼음은 가장자리부터 녹는다. 단풍은 숲의 가장자리에서부터 번진다. 감정의 가장자리에서 기쁨은 추락의 불안과 만나고, 슬픔은 깊은 충만과 만나고, 두려움은 조심스러운 신뢰와 만난다. 자아의 가장자리에서 우리는 꿈, 그리고 세상과 만난다.

가해자

~

피해자는 잠 못 자고 괴로워하는데 가해자는 발 뻗고 잘 잔다고들 한다. 피해자는 고통과 수치와 불안과 분노가 몸과 마음에서 들끓어 소진되어 가는데, 가해자는 밥 잘 먹고 잘 웃고 즐겁게 사는 것처럼 보인다. 그렇게 보이기만 할 뿐 사실 속은 피해자보다 훨씬 더 괴로웠으면 하고 우리는 바라지만 슬프게도 그렇지 않다. 피해자의 인생에 흉터로 새겨진 그 사건이 가해자에게는 과거의 일상 중 한순간일 뿐이고, 힘들다 하니 미안하다고 말은 하지만 사실 상대가 얼마나 고통스러웠는지 공감도 못할뿐더러 그러려고 하지도 않는다.

진료실에 앉아있으면 반복해서 느끼는 삶의 슬픈 불균형이다. 영화에서처럼 통쾌하게 복수하여 정의를 구현하면 좋을 텐데, 슬프게도 삶은 그렇게 흘러가지 않는다. 생각해 보면, 가해자인데도 그런 것이 아니라 가해자이기 때문에 그런 것인지도 모른다.

살면서 피할 수 없는 어두운 감정이나 불안을 처리하는 능력과 방식은 사람마다 다르다. 어떤 사람들은 괴로울 때 '괴롭다'라고 느낄 수 있고, '괴로워'라고 말할 수 있다. 이렇게 써놓으니 당연한 것 같으나 생각보다 많은 사람들이 괴로움을 있는 그대로 느끼고 그 느낌을 마음에 담아서 들여다보며 처리하는 것을 어려워한다.

'괴로워'라고 말하는 것 역시 여러 조건이 충족되어야 가능하다. 우선 괴롭다고 느낄 수 있어야 하고, 괴롭다고 말해도 괜찮을 만큼 안전한 사람이 주변에 있어야 하고, 괴롭다고 말하는 게 자신이 별로라는 뜻은 아니라고 생각할 수 있는 넉넉한 자존감이 있어야 한다.

그래서 어떤 사람들은 괴로움을 느끼고 '괴롭다'고 말하는 대신 그 괴로움을 다른 사람에게 보낸다. 물론 의식적으로

가 아니라 무의식적으로. 여러 방법이 있지만 이럴 때 타인을 괴롭히는 것은 가장 쉽고 위생적인(가해자 측에서 말이다) 해결책에 속한다. 분노가 올라올 때 타인에게 화를 내고, 좌절감과 수치심이 들끓을 때 타인을 좌절시키거나 부끄럽게 만드는 식으로 내면의 감정을 밖으로 몰아내는 것이다.

또 불안하면 나를 불안하게 만든 그 존재처럼 행동하여 불안을 털어낸다. 안나 프로이트의 유명한 예가 여기 속한다. 《자아와 방어 기제》에서 한 소녀는 거실을 지날 때마다 유령이 나타날까 봐 무서워하다가 어느 날 해결책을 찾아낸다. 소녀는 괴이한 소리를 지르며 거실을 뛰어가는데, 동생에게 이렇게 말한다. "거실에 가는 걸 더 이상 두려워할 필요가 없어. 마주칠지도 모르는 유령인 척 행동하면 돼." 한편으로는 피해자이기도 한 많은 가해자들이 이렇게 자신의 가해자를 모방하며 불안을 비워낸다.

그래서 타인에게 그 감정을 쏟아낸 후 깔끔하고 텅 빈 내면을 유지한다. 문제는 오래 굶으면 위가 쪼그라드는 것처럼, 자꾸 감정을 비워내다 보면 마음의 그릇 역시 작아져 점점 감당할 수 있는 감정의 용량이 줄어든다는 것이다. 그래서 이들은 겉으로는 크게 괴로워하지도 않고 죄책감도 느끼지 않는(못하는) 대신, 빛나는 기쁨과 무거운 슬픔도 경험하지 못하며, 슬퍼할 수 없기에 사랑할 수도 없다. 타인과 깊은 신뢰 관계를 맺을 수 없어 외로움을 느끼고 피상적 만족과 쾌락만을 좇는다. 모호하고 막연한 공허감과 불안으로부터 헛되이 도망치며 산다. 이것을 가해자의 내면이 스스로를 공격하고, 스스로에게 복수하는 것이라고 말해볼 수 있을까? 물론 우리는 피해자의 고통을 좀 더 살피고, 가해자의 행동에 대한 책임을 명확하게 물어야 한다. 그럴 수 있는 체계가 조금 더 확립된다면, 처벌은 동시에 가해자의 내면에서도 진행될 것이다. 천천히, 오래, 끈질기게.

감각

~

　나이가 들면서 천천히 희미해지지만 우리 모두에게는 아주 오래된 감각이 몸과 마음 깊이 남아있다. 이 감각은 자아가 여리고 불안정하던 시기의 것이라 말로 써놓고 보면 기묘하고 황당하지만 어떤 순간에는 현실보다 생생하고 강렬하게 우리를 휘감는다. 어른인 우리도 너무 피곤할 때, 며칠 잠을 자지 못했을 때, 아주 오랜 기억을 건드리는 꿈에서 깨어날 때, 문득 그 감각 속에 휘말려 들어 어쩔 줄 몰라 하기도 한다. 정육면체의 삼차원 공간 한구석에 서있는데 커다랗고 무거운 공이 저쪽 모서리에서 이쪽 모서리로 굴러온다. 나는 비명을 지르는데 입이 머리보다 크다. 공은 굉음을 내지만 아무 소리도 들리지 않고, 이 육면체의 공간 자체가 앞뒤로 출렁출렁 움직인다. 입천장 깊숙한 곳에서 형용할 수 없는 짜고 쓴 맛이 피어올라 머리를 가득 채운다. 어디까지가 촉각이고 어디까지가 시각인지, 어디까지가 경험이고 어디까지가 상상인지 구분할 수 없는 깊은 카오스. 이렇게 시간과 공간, 물질과 정신이 뒤엉켜 분별이 없는 카오스는 우리 존재 한구석에 항상 남아있다. 우주가 커져서 이 모든 항성, 행성과 생명을 만들어도 그 한가운데는 항상 블랙홀이 존재하듯 말이다.

거리

~

　이탈리아 조각가 자코메티는 아주 작은 조각을 만들곤 했다. 그는 멀어서 작게 보이는 사람을 그 크기대로 형상화했다. 이목구비가 거의 없이 비쩍 마른, 이상하게 흐릿한 그림자 같은 작은 인물이 커다란 받침대 위에 서있었다. 그는 길에서 멀리 서있는 한 여인을 보고, 그 여인을 '그대로' 표현하고 싶었다고 말했다.

　현실에서 우리 뇌는 반사적으로 거리를 계산하여 저 멀리 한 뼘만 한 사람을 한 사람의 크기로 증폭시킨다. 그 과정은 자동적으로 일어나는 일이라 우리는 그 사람이 작은지 큰지조차 생각하지 않는다. 그래서 본 것을 보이는 대로 보려면,

확대된 이미지를 의도적으로 축소하는 인지적 노력과 집중이 필요하다. 밖에서 보는 것만 그럴까? 마음에서 보이는 것도 좋아하면 커지고 싫으면 작아진다. 불안할 땐 커지고 불편하면 작아진다. 있는 그대로 보고 느끼는 일은 안팎으로 어렵다.

겸손

전문의가 되자마자 병원을 떠나서 거의 혼자 일하고 혼자 공부하며 살아왔다. 여러 권의 책을 번역하고 내 이름을 넣은 책도 나왔지만, 항상 자신이 없다. 과연 내가 제대로 도착한 것인지, 머무는 이 자리가 엉뚱한 곳은 아닌지 불안하고 의심스럽다. 그러다 보니 주변에서는 겸손하다고 말하고 너무 겸손하면 과유불급이라며 핀잔까지 주는데, '정말로 모르겠고 자신이 없는데 어쩌란 말인가' 하고 속으로 생각했다.

얼마 전 방임과 미묘한 학대 문제가 있는 아이의 아버지를 어렵게 만났다. 한번 뵙자고 해도 항상 피하더니 어느 날

갑자기 내원해서 예상과 다르게 낮은 자세로 다 내 잘못이라며, 아이에게 문제가 있다면 다 아빠가 부족한 탓이라며 자책을 한다. '그래도 반성도 하시고 변화의 가능성이 있겠구나' 생각을 했는데 시간이 지날수록 미묘하게 마음이 불편하고 찜찜하다. 그리고 보니 자책은 비판에 대한 방어가 되기도 한다. 아버지는 자책을 통해 모든 비판을 차단하고 제 이야기만 하며 자신을 방어했던 것이다.

뒤이어 깨달음이 왔다. 겸손은 부족하다는 비판에 대한 방어였고, 내가 겸손이라는 안전한 벽 뒤에 숨어있었다는 것을 그제야 이해했다. 위니코트는 "약자가 되는 것은 약자에 대한 강자의 공격만큼이나 공격적인 것이다"*라고 썼다. 상대의 입을 틀어막기 위해 나는 겸손을 무기로 써왔던 것이다.

* 도널드 위니코트, 이재훈 옮김, 《소아의학을 거쳐 정신분석학으로》, 한국심리치료연구소, 2011.

고립

~

아이가 네 살 때 선암사 산책로를 함께 걸었다. 돌탑이 있길래 조약돌 하나를 주워 쌓았더니 아이도 따라서 작은 돌멩이를 큰 돌 위에 올리고 눈 감고 두 손 모아 무언가를 빈다. 소원을 물어보니 아이는 "비밀이에요. 소원을 말하면 이루어지지 않는대요"라 한다. 어디서 배운 건지 신기해서 웃고 다시 묻는데 정말로 입을 꾹 다물고 말을 하지 않는다.

안드레이 타르코프스키의 영화 〈잠입자〉에서 사람들은 긴 탐색 끝에 마음속 소원을 이루어주는 방 앞에 도착한다. 그러나 아무도 차마 그 안으로 들어서지 못한다. 그 누구도 자신의 가장 간절한 소원이 무엇인지 확신할 수 없는 것이다. 사람들은 소원이 이루어지지 않을까 두려워하는 것이 아니라, 자신이 알지 못하는 '진짜' 소원이 이루어질까 두려워한다.

사람을 만나서 마주 앉아 삶에 대한 이야기를 듣고, 감정을 공감하고, 누구에게도 말하지 않은 비밀과 고통을 듣는 일을 한다. 어떤 날은 어색하게 겉돌면서 변죽만 울리다가 끝나고, 어떤 날은 강렬한 감정이 흘러넘치는데 이상하게 말하는 사람은 저 멀리 앉아있는 것 같다. 어떤 날은 잠깐 깊이 접촉했다 느끼지만 그 사람은 순식간에 단단한 껍질 뒤로 숨어버린다. 사람들은 자신을 표현하고 이해받으려 스스로 돈과 시간을 내어 오지만, 동시에 자신이 드러날까 두려워하고, 오래된 감정이 흘러나올까 경계하고, 너무 깊이 들어가지 않으려고 말을 부풀린다. '나를 이해해 주세요'라는 초대와 '나를 알려고 하지 마세요'라는 거부가 뒤엉켜 안팎으로 팽팽하다.

위니코트는 한 논문에서 다소 당황스러운 주장을 펼쳤다. 그는 "건강한 사람들은 의사소통을 하고 그것을 즐기지만, 또 한편 그들 각 개인은 고립되고, 영원히 의사소통되지 않으며, 영원히 알려지지 않고 실제로 발견되지 않는 존재이다"*라고 말이다. 우리는 정말로 소중한 소원을 비밀로 한다. '영원히 알려지지 않고 발견되지 않는다'는 믿음이 있기에 우리는 사람들과 웃으면서 만나 마음을 터놓는다.

---

* 레슬리 칼드웰, 안젤라 조이스, 한국정신분석학회 옮김, 《리딩 위니코트》, 눈출판그룹, 2015.

고통

고통은 사적이고 내밀하다. 아픈 건 내가 아픈 것이고, 몸이 아프든 마음이 아프든 감각과 감정과 생각이 뒤엉켜 내적으로 경험되는지라, 고통을 추상화하거나 언어화할 수 없다. 그러므로 엄밀히 말하면 타인이 내 고통을 알 방법도, 느낄 방법도 없다. 그냥 자기 경험에 빗대어 추측할 뿐이다. 그래서 너의 고통을 내가 안다고 말할 때 우리는 왜곡과 오해를 피할 수 없다. 나는 내가 모르는 것에 대해서 안다고 말하는 것이다.

하지만 이 고통을 어떻게 해서든 표현하지 않으면, 누가 들어주고 알아주지 않으면, 고통은 더 깊고 날카로워져 마음의 살을 파고든다. 한 연구에서 전기 통증을 주고 주관적으로 그 통증의 강도를 표현해 보라고 했는데, 혼자일 때와 비교하여 의지하는 사람의 손을 잡고 있을 때 느끼는 통증의 강도가 절반 이하인 것으로 나타났다. 마음의 고통과 괴로운 감정 역시 이해받을 때 훨씬 가벼워지고, 우리는 변화를 위한 힘을 얻는다. 많은 부모님이 아이의 불안과 우울을 공감했다가 아이가 그 속으로 더 깊이 빠져들까 봐 두려워한다. 그러나 엄마 아빠가 내 고통을 알아준다고 느낄 때 비로소 아이들은 고개를 돌려 다른 곳을 보기 시작한다.

하지만 지나치게 이해받는 것은 두렵다. '널 이해해'라는 말이 '너는 뻔해'라는 말로 들려 불편할 수 있고, '너에 대해서 다 알아'라는 말로 들려 불안할 수 있고, '힘드니 이제 이이야기 그만하자'로 들려 속상할 수 있다. 고통은 고유하여 일반화될 수도, 공식화될 수도 없다. 그렇게 되는 순간 고통은 관념 속에서 무화되어 버린다. 정신과에서 진단을 별로 중요하게 생각하지 않는 이유다. 공황장애 환자, 혹은 우울증 환자 같은 것은 없다. 그 사람, 고통받는 그 사람이 있을 뿐이다.

골목

～

    산도, 들도 좋지만 도시를 걷는 일에는 고유한 기쁨이 있다. 화려한 시내보다는 좁은 골목을 따라 오래된 집들이 터 잡고 있는 구도심이 좋다. 수십 년 된 벽은 천천히 빛바래 가며 추상적 무늬들을 만들고 낮은 담벼락 너머로 잘 정리된 마당이 얼핏 보인다. 집보다 오래 산 노인들이 갓 태어난 아이를 등에 업고 있다. 집은 세월이 흐를수록 조금씩 더 낮아지는 듯 아담하고, 이상한 침묵과 낡은 세간살이의 냄새가 길에 고여있다. 페인트칠이 벗겨져 가는 대문은 새 물건에서도, 오래 버려진 사물에서도 찾을 수 없는 독특한 존재감으로 안과 밖을 나눈다. 수십 년 동안 사람의 손길을 타서 기묘한 온기가 배어나오는 것이다. 이 골목을 돌아나갈 때 다시 어떤 집과 문과 나무와 사람들이 나타날지 설레어 하며 한 걸음 한 걸음 걷는다. 눈은 자연 속에 있을 때처럼 하늘이나 땅을 향하지 않고, 사람의 높이를 향한다. 독일 소설가 제발트는 "시간 속으로 잠기는 사물들은 시간에 의해 한 번도 건드려지지 않은 다른 사물들과 어떤 차이가 날까요?"* 라고 물었다. 골목은 그 차이를 가장 잘 느낄 수 있는 장소이다.

---

* W.G.제발트, 안미현 옮김, 《아우스터리츠》, 을유문화사.

공놀이

농구공이 '클린'으로 림을 통과하여 그물을 철썩이는 순간, 둘째 손가락과 셋째 손가락 끝으로 야구공을 탁 채는 순간, 글러브의 한가운데 공이 짝 하고 소리 내며 들어와 박히는 순간, 날아오는 공에 탁구채를 비스듬히 대어 툭 하고 드라이브를 거는 순간, 스핀을 걸어 내려놓은 볼링공이 핀을 와르르 무너뜨리는 순간, 발등으로 축구공을 정확하게 찼을 때 잠깐 공이 멈춘 듯 공중에 떠있다가 가속하며 날아가는 순간, 강하게 밀어 친 당구공이 목적구에 비스듬히 맞고 다시 더 강한 회전력을 얻어 쿠션을 따라 회전하는 순간. 공으로 노는 이 짜릿한 순간들.

공과 육체가 만날 때의 이 상쾌한 쾌감이라니. 오로지 공놀이 속에서만 존재하는 기쁨의 순간들이 있다. 승리나 패배를 넘어 지극히 공평한 목표가 순수한 육체의 동작으로 성취되는, 삶에서 좀처럼 도달하기 어려운, 아름다울 정도로 단순한 순간.

균형

~

퇴근하면 방에서 쉬고 싶기도 하고 아이들과 놀고 싶기도 하고 밀린 번역을 하고 원고를 써야 할 것 같기도 하고 아내와 어슬렁어슬렁 산책이나 하고 싶기도 하다. 쉬고 있자면 일 생각이 나고, 일하다 보면 아내와 아이에게 미안해서 문을 열고 나가게 된다. 오래 놀고 있으면 그만 놀고 들어가야지 싶고 산책하다 보면 어느새 마음은 집에 들어가서 할 일에 먼저 가 있다. 몇 장 번역을 하고 나면 내가 왜 이러나 싶어 아이들이 잠든 사이에 〈맛있는 녀석들〉을 보며 달달한 것을 먹는다. 일과 쉼, 현재와 미래, 혼자와 함께, 하기와 있기, 축적과 즐김 사이에서 이리저리 출렁인다.

하루하루의 일상은 이렇게 균형을 잡는 일의 연속인 것 같다. 단호하게 무던하게 꾸준하게 뭔가를 하는 일에 서툴러 항상 진자처럼 혹은 아이가 마구 쳐서 돌리는 팽이처럼 한쪽에서 반대쪽으로 끊임없이 불규칙적으로 방향을 바꾼다. 놀다가 일하고 공부하다가 쉬고 자다 꿈꾸고 깨어나서 상상한다. 소설을 읽다 보면 까마득하게 쌓여있는 전공책들이 눈에 밟혀 초조한데, 공부를 하다 보면 아무 압박 없이 비스듬히 누워 프루스트를 읽고 버지니아 울프를 읽을 날을 고대한다. 이 불균형이 불편하지만 한편으로는 이 자체가 하나의 균형일지도 모른다는 생각도 든다. 송재학 시인은 "평정을 잃는 순간이란 바로 또 다른 질서이자 섬세함"* 이라 말했다.

---

* 송재학, 《기억들》, 청색종이, 2016.

그냥

〜

정신분석가 해리 건트립은 위니코트에게 약 육 년에 걸쳐
분석을 받았다. 건트립은 분석에 대해서 회고하면서 위니
코트의 말을 기억해낸다. "자네는 '활동적이 되는 것'에 대해
서는 알고 있지만, 뭔가를 억지로 할 필요 없이 '그냥 자라는
것, 그냥 숨 쉬는 것'에 대해서는 모르고 있네."*

많은 사람들이 무기력 때문에 진료실을 찾지만, 어떤 사
람들은 뭔가를 하지 않고 있으면 견딜 수 없다고, 빈 시간이

---

*   Harry Guntrip, 〈My experience of analysis with Fairbain and Winnicott: How
complete a result does psychoanalysis therapy achieve?〉, International
Review of Psycho-Analysis, 2(2), 1975.

초조하고 불안하여 어쩔 줄 모르겠다고 호소한다. '그냥' 존재하지 못하고 끊임없이 뭔가를 끌어모으고, 쌓고, 이루고, 지키려 한다. 사실 누구보다 내가 그렇다. 쉰답시고 앉아서 잠시도 가만히 있지 못하고 책을 읽고 음악을 듣고 인터넷 기사를 들여다보고 SNS를 훑는다. 번역을 하고 원고를 쓴다. 이 일과 저 일 사이에 끼어 잠시 아무것도 하지 않고 있을 때, 예약이 비어 잠깐 진료실에 혼자 있을 때, 심지어 신호등에 걸려 빨간불이 바뀌기를 기다리는 그 짧은 시간에도 모호한 초조감이 올라와 책을 펼치거나 핸드폰을 켜며 어쩔 줄 몰라 한다.

나는 뭘 이루고, 새기고, 증명하려 하는 것일까? 내 깊은 불안의 원천을 일별하지만 거기 닿지는 못한다. 그래도 조금씩 하는 것(doing) 대신 있는 것(being)이 가능한 자리를 찾는다. 들끓는 마음과 함께 가만히 앉아있으려 한다.

기대

조성진 콘서트가 있어서 알람을 맞추고 기다렸다가 번개처럼 예약에 성공했다. 설레는 마음으로 연주회를 기다리며 가끔씩 그날의 연주를 상상해 본다. 당일 연주 레퍼토리인 리스트 소나타를 이미 발매된 시디로 여러 번 듣고, 다른 피아니스트의 연주로도 들어본다. 콘서트 날 일을 급하게 마치고 부리나케 차를 몰았다. 아내를 만나 쿠키 몇 개를 오물거리며 저녁을 때우고 두근거리는 가슴으로 좌석을 찾아 앉았다. 연주가 시작한다.

지금 여기에서 흐르는 음이 기억 속의 음과 섞인다. 현재의 연주는 기억과 다르고 기대와 달라서, 오롯하게 떠올랐다가 스러지는 음들이 새로운 느낌을 일으킨다. 곡의 흐름에 대한 기대와 미리 예측하는 감동이 현재 생겨나는 낯선 느낌과 뒤엉켜 다시 지금 여기에서의 경험을 만든다. 현재가 오로지 현재인 적은 없다. 기억과 기대, 두려움과 설렘, 과거와 미래가 항상 지금 여기에 모여 북적거린다.

기미

거실에 앉아 책을 읽는데 큰아들이 피아노 연습을 한다. 짧은 모차르트 소나티네를 치길래 건성으로 듣는다. 아내가 자기도 쳐보고 싶다고 아들에게 잠깐 피아노를 빌린다. 같은 곡이 다른 손가락으로 다시 시작된다.

들고 있자니 단순하고 짧은 곡인데도, 두 사람이 들린다. 아들의 연주는 다이나믹하지만 소박하다. 음을 마무리할 때는 묘한 절도가 있는데 어떤 순간에는 멜로디에 참으로 순정한 느낌, 감정 이전의 어떤 동요 같은 것이 담긴다. 반면 아내의 피아노는 더 담담하고 미묘하다. 셈여림과 속도의 루바토가 섬세한데 한편으로는 단단하고 단호하다. 수백 년 전 다른 사람이 적어놓은 멜로디를 통해 그 사람이 들린다.

정말 그런 것일까? 아니면 선입견과 감정이 투사되어 내게만 그렇게 들리는 것일까? 우리는 피아노 연주뿐 아니라 걸음걸이, 목소리, 글씨체, 노래, 춤으로, 그리고 웃고 울고 화내는 방식으로 타인을 알아보지 않는가? 세계관이나 직업이나 정치적 입장이 아니라, 말로 옮길 수 없고 사진으로 고정할 수 없는 미묘한 기미에 한 존재가 전부 담겨있다.

기억

～

기억력이 좋지 않아 사람들을 불편하게도 하고, 오해도 사고, 아내에게 혼도 난다. 월급을 받고 일했던 병원에서는 할 일을 워낙 자주 잊어서 '블랙홀'이라는 별명이 붙었다. 아내는 왜 생각을 하지 않고 무릎반사처럼 기계적으로 대답하느냐며 농을 섞어서 구박을 한다. 그러다가 진지하게 뇌 사진을 한번 찍어봐야 하는 것은 아닌지 걱정한다. 물건을 어디에 뒀는지 기억이 안 나서 적기 시작했는데, 그 적은 곳조차 기억이 안 나니 대책이 없다. 책을 재미있게 읽으며 '아, 참 좋은 책이네. 이 책 안 읽었으면 어쩔 뻔 했어'라고 생각하다가 맨 마지막 장에서 내 서명을 발견하고 가슴이 철렁 내려앉은 적도 여러 번이다. 이제는 놀라지도 않게 되었다. 사람들 이름을 기억하지 못해서 대여섯 번씩 속으로 되뇌는데, 다음에 만나면 까맣게 지워져 눈치를 보며 이름을 몰래 알아낼 방법을 찾는다.

그런데 신기하게도 진료하면서 만나는 분들의 얼굴은 기억이 잘 난다. 일주일에 이백 명 가까운 사람들을 만나면서 짧으면 일이 주, 길면 사 주 간격으로 진료를 보는데, 컴퓨터에 뜬 이름만 볼 때는 누구시더라 하다가, 막상 진료실에 들어와 딱 앉으면 그 얼굴 표정에서 지난 번 만났을 때의 대화, 그때의 안색과 표정, 그날 내가 속으로 했던 생각들이 제법 명료하게 떠오른다. 어디서 어떤 일이 있었는지 디테일은 기억나지 않는데, 그날 다뤘던 감정의 빛깔과 그늘은 상당히 정확하게 회상이 된다.

그리고 보면 단순하게 평가할 수 있을 것 같은 기억력이란 능력도 사실 수십 가지, 어쩌면 수백 가지로 구분해야 하는 건지도 모른다. 나는 얼굴을, 큰아들은 음식의 맛을 잘 기억한다. 둘째는 책에서 본 개념어들을 아주 절묘한 순간에 기억해서 사용할 줄 알고, 아내는 이십 년 전 해부학 시간에 배운 손등을 이루는 뼈 일곱 개의 이름을 아직도 외운다. 누구는 역사 속 사건의 흐름을, 공룡의 이름을 잘 외우고, 누구는 근육이 움직이는 방식을, 숫자의 연쇄를, 논리의 순서를, 이미지의 세부를, 입체의 뒷면을, 소리의 강약을, 꿈의 장면을, 사물의 무게를, 라면의 맛을, 와인의 향기를, 멜로디의 흐름을, 감정의 음영을, 지도의 세부를 잘 기억한다. 정신의학의 발달이란 병리를 더 깊이 이해하는 것을 넘어 능력을 더 세밀히 알아채는 데까지 나아가야 하지 않을까.

깨달음

～

스무 살 때 고향 근처 작은 절에서 석 달 정도 지냈다. 의대는 들어왔는데 도저히 다닐 수 없었고 그렇다고 안 다닐 수도 없었다. 길에서 잠시 내려오고 싶었다. 휴학한 첫 학기에 매일 아침 학교 도서관에 가서 소설과 시집, 경전이나 철학책을 읽다가 여름방학 때 충동적으로 절에 들어가기로 마음먹었다. 수소문해서 고향 근처의 작은 절을 찾았다. 스님한 분이 홀로 계시는 작은 절이었고, 안에 기거하며 일하는 사람이 셋, 그리고 티베트 경전을 번역하기 위해 우리나라에 온 지 일 년쯤 된 티베트 스님이 한 분 계셨다. 매일 새벽네 시 반에 일어나 아침 예불을 올리고, 마당을 쓸고, 여섯 시쯤 아침을 먹고 오전 내내 일을 했다. 시멘트를 쳐서 화장실도 하나 만들었고, 암자를 짓기 위해 대나무 밭 한 뙈기를 베어냈고, 낫으로 콩 줄기를 베어서 가을 햇볕에 잘 말렸다가 어느 맑은 날 하루 종일 두들겨서 동글동글 연둣빛 완두콩을 거두었다. 아홉 시쯤 새참을 먹고(라면을 자주 끓여주셨는데 그래도 절이라서 '소고기 라면' 같은 건 절대 먹지 않았다), 일하다가 정오에 점심을 먹고, 잠깐 쉬면서 스님과 배드민턴을 치고 이어폰 꽂고 음악도 들었다. 오후 일을 마치면 저녁까지 시간이 좀 남았는데 아궁이에 장작을 가득 넣어 불을 지피고 툇마루에서 녹차 한 잔을 마시며 나무 연기가 앞마당으로 천천히 돌아 나오는 것을 보는 것이 그리 좋았다.

절을 나오는 마지막 날, 가져간 배낭에 옷과 책과 테이프를 다시 담고 절 식구들에게 구십 도로 허리 숙여 인사한 뒤에 버스가 다니는 국도까지 오 킬로미터 정도를 터벅터벅 걸어 내려왔다. 늦가을이었고 하늘은 맑았다. 미래는 여전히 불확실했고 집에서 지낼지 다시 서울로 올라갈지 확실치 않았다. 의대를 계속 다닐지, 자퇴하고 일단 군대부터 가야 하는지 결심도 어려웠다. 터벅터벅 산 밖으로 걸어 나와

절 쪽에서 흘러 내려온 시냇물이 조금 더 넓은 강과 합류하는 지점에서 세 그루의 높은 미루나무를 만났다. 나무는 일정한 간격으로 나란히 서있었는데 바람에 흔들리는 나뭇잎이 물결처럼 반짝였다. 그곳에서 두 갈래 강이 흘러와 하나로 만나고 있었다. 그 순간 마치 누가 내 이마를 탕 때린 것처럼 머릿속에 "삶이란 내 모든 행동의 정확한 총합이다"라는 문장이 떠올랐다. 누가 보든 안 보든, 생각을 말하든 속에만 품든, 감정이 일기에 쓸 만큼 중요하든 흘러보내고 나면 평생 기억하지 못하도록 사소하든, 내 모든 생각과 행동과 느낌이 나를 이룬다는 것. 읽고 쓰고 놀고 먹고 자고 싸고 울고 웃는 모든 일들이, 이루고 쌓고 성취하는 모든 것들이, 놓치고 잃고 잊고 실패하고 포기하는 모든 순간이 합류하여 내가 된다는 것.

이 문장은 그 순간 무슨 깨달음 같기도, 그냥 마음의 잡음 같기도 했다. 그 후 이십 년간 문득 한 번씩 이 순간을 떠올리며 산다. 뻔한 문장이지만 그 순간 그런 형식으로 내 삶에 떠올랐기에 무게가 남달랐다. 마음의 풍경 한구석엔 항상 그 미루나무 세 그루가 서있다.

꿈

첫째가 열 살 때 낮잠을 자고 일어나 문득 물었다. "아빠, 잠에서 깨도 꿈은 이어지고 있는 거야, 아니면 꿈이 끝나서 깨는 거야? 이십 분 동안 하루 같은 꿈을 꿨어." 아, 그런 것일까. 우리가 깨어나도 꿈은 흘러가는 것일까? 강처럼 유장하게 흐르는 꿈에 우리는 잠깐 마음을 담갔다가 빠져나오는 것일까? 정신분석가 도널드 멜처는 "꿈은 우리가 깨어있든 잠들어있든 항상 계속되는 꿈 생활의 그림이다"[*]라고 말했다. 그는 우리 마음속 깊은 곳에 쉬지 않고 기억과 경험과

---

[*]   도널드 멜처, 이재훈 옮김, 《꿈 생활》, 한국심리치료연구소, 2020.

감정과 생각을 뒤섞어 끊임없이 환상을 만드는 장소가 있다고 생각했다. 그 장소는 현재에서 세상을 만나는 의식만큼 중요한데, 결국 과거의 모든 경험을 현재의 나와 연결해 주기 때문이다.

꿈에서 화들짝 깨어난다. 현실이었다면 삶의 날씨를 완전히 바꿔놓았을 사건이 사실 꿈이었다는 것을 잠시의 혼란 뒤에 깨닫고 가슴을 쓸어내린다. 일상에서는 미리 피하거나 억눌렀을 감정을 꿈속에서 우리는 정면으로 맞닥뜨린다. 현실이었다면 적당한 타협과 포기와 기만으로 들어서지 않았을 길을 뚜벅뚜벅 걸어간다. 그리하여 두근거리는 설렘과 황홀한 기쁨을, 깊은 고요와 영원 같은 평화를, 참혹한 절망이나 끔찍한 공포를, 서늘한 불안이나 날카로운 수치를, 가슴을 파고드는 죄책감과 주저앉을 정도의 상실감을 물결에 휩쓸려 바닥에 내동댕이쳐지는 것처럼 아무런 준비 없이 날 것으로 경험한다. 꿈이라서 가능한 일이다. 꿈이라서 끝까지 그 감정을 탐험하고도 다시 일상으로 돌아올 수 있고, 꿈이라서 그 감정들을 안전하게 곱씹고 느껴볼 수 있다. 꿈이라서 가볍고, 꿈이라서 너무도 깊다.

꿈결

～

간만에 쉬는 토요일 아침에 잠에서 천천히 깨어나는데 나를 오래 기쁘게 했던 그 사건이 꿈이라는 것을 천천히, 막이 걷히듯 깨달았다. 의미 깊은 사건이었는데 그것이 없던 일이구나. 그 사건이 나를 오래 기쁘게 했다는 사실조차 꿈이었구나. 누워서 깊은 상실감에 시달린다. 배고프다고 난리치는 아이들 때문에 잠자리에서 일어나 간단히 먹을 것을 챙겨주고 나니 어느새 그 사건이 무엇이었는지조차 잘 기억나지 않고, 복통처럼 몸의 중심을 휘젓던 상실감도 희미하다. 상실을 상실한 이상하게 가벼우면서도 아린 느낌을 곱씹는다. 현실과 꿈의 기쁨, 현실과 꿈의 상실이 겹쳐서 삶을 이루는구나.

아내가 깜깜한 밤 침대에서 꿈 이야기를 해주었다. 큰아들과 버스를 타고 가다가 버스 손잡이를 잡고 함께 울라울라 짱구 엉덩이춤을 추었다는 거다. 그리고 사랑에 대해서 말해주었다. 이야기를 들으며 그 장면을 상상하다가 살포시깨어 꿈이라는 것을 깨달았다. 아내의 이야기도 꿈이고, 그이야기를 들으며 내가 상상한 것도 꿈이다. 아, 정신을 이루는 모든 형식은 꿈으로 변할 수 있구나. 아니 어쩌면《템페스트》에서 말하는 대로 "우리는 꿈과 동일한 물질로 되어있고, 우리의 하찮은 인생도 잠으로 둘러싸여 있구나."*

---

* 빌라야누르 라마찬드란, 샌드라 블레이크스리, 신상규 옮김,《라마찬드란 박사의 두뇌 실험실》, 바다출판사, 2015. (재인용)

날뛰다

～

하루에 쓸 에너지를 근근이 끌어모아 일을 마치고 두통과 함께 집에 들어오면, 둘째는 소리를 지르며 집 안을 뛰어다닌다. 이 층을 올라가는 데도 절대 걸어가는 법이 없고 양팔을 휘저으며 최고 속도로 뛴다. 정수기에서 물을 받아 마시려고 할 때면 버튼을 눌러놓고 부엌을 한 바퀴 돈다. 정수기가 물을 따르는 게 빠른지 자기가 움직이는 게 빠른지 시합을 하는 것이다. 그러다 진지한 표정으로 씨익 웃으며 말한다. "나는 날뛰고 싶어."

처음에는 시끄럽고 정신이 없어 "제발 뛰지 말자, 제발 소리 지르지 말자" 이야기도 해보았는데, 아이 말을 듣고 껄껄 웃다가 문득 이게 아이 생의 에너지고 삶의 표현이구나 싶었다. 넘치는 생을 마음껏 낭비할 수 있는 부유한 시간을 아이는 살고 있구나. 우리 모두가 한때 누렸던 순수한 과잉의 기쁨. 오로지 놀이 속에서 어른들도 잠깐씩 이 순간으로 되돌아온다.

노올자

~

    일요일 낮에 하릴없이 빈둥거리는데 둘째가 심심했는지 마당에 나가 옆집 친구를 부른다. "채혁아, 노올자" 하고 낭랑하게 한 번, 두 번, 세 번 외친다. 당김음 '노'로 시작해 강세를 '올'에 주는 이 짧지만 선명한 멜로디는 내가 아들과 같은 나이일 때 앞집 살던 친구를 부르던 바로 그 멜로디다. 놀이에 대한 부름 속에 이미 놀이가 담겨있는 이 가락은 어떻게 수십 년 동안 전승되어 내려오는 것일까? 무엇을 따라 마당에서 마당으로 넘나들며 흘러와 아이의 마음속에 내려앉은 것일까? 골목에서, 마당에서 친구를 부르는 일이 사라진다면 이 멜로디도 언젠가 흩어져 버릴 것이다. 그러면 우리는 무엇을 잃게 될까? 정확하게 규정할 수도, 만질 수도 없고 있던 줄도, 없어진지도 모를 테지만, 우리 삶이라는 음을 감싸는 배음의 한 주파수가 사라져 그만큼 생의 울림이 여위어지리라.

노화

참았을 말을 한다. 삼켰을 말을 울컥해서 카톡으로 한마디 해놓고 후회한다. 민망해서 가만 있었을 일을 자랑해 버린다. 왼쪽 유리문을 반쯤 닦다가 아들이 들어오길래 오른쪽 유리문을 잠깐 닦았는데, 왼쪽 유리문으로 되돌아와 '어, 왜 이리 깨끗하지?' 하고 놀란다. 저녁에 초콜릿 한 조각만 먹어도 잠이 안 온다. 불고기를 굽는데 어깨가 무겁고 아프다. 허벅지 두께가 반으로 줄었다. 짧은 글을 쓴다. 피부 알레르기가 생겨서 알 수 없는 이유로 자주 가렵다. 담낭을 떼어내고 나서는 설사를 자주 한다. 초밥이 싫어진다.

꽃과 나무에 눈이 더 간다. 새로운 책을 이해하는 게 쉽다. 필라테스를 일 년째 다니면서 다음 생에나 가능하리라 생각했던 어깨 펴기에 성공했다. 아버지의 나이를 넘기니 죽는 일에 대한 생각이 줄었다. 모른다는 것을 인정하는 게 조금 더 편하다. 오래된 기억이 떠오르면 잃어버린 선물을 찾은 것처럼 반갑다. 어린 시절의 나와 현재의 내가 조금씩 만난다.

늙어가는 것을 가장 선명하게 느끼는 때는 매년 새잎이 나고 꽃이 필 때이다. 바람의 온도와 세상 표면의 변화가 더 자세하게 감지되고 들여다보인다. 내게 노화란 굳은살 쌓이며 점점 딱딱해지는 것이 아니라 피부밑 지방이 조금씩 녹아내려 세상과 맞닿은 살갗이 얇고 예민해지는 일에 가깝다. 그렇게 얇아지다가 껍질이 터져 내용물이 세상으로 왈칵 쏟아지는 것이 죽음이려나.

놀다

～

꿈을 꾸었다. 생의 마지막날이 정해지고 그날 뭘 할지 미리 생각하라고 한다. 그날은 나만이 아니라 모두의 생이 끝나는 날이다. 처음에는 혼자서 끝을 맞이해야겠다 결심하는데 비장하기보다는 그냥 당연한 느낌이다. 무심한데 막막하고 그냥 일상을 살면서도 마음 밑바닥에 차마 들여다볼 수 없는 물결이 치는 것을 희미하게 감지한다.

그날이 왔다. 문을 열어보니 아주 큰 집 혹은 성의 중앙 공간인 듯한데, 둘째 아들이 까르르 웃으며 뛰어온다. 아내도 있다. 웃통을 벗은 아들이 내 품에 뛰어드니 나랑 아들 사이에 흰 풀이 무슨 초코파이 속 마시멜로우처럼 부풀어 오른다. 흰쌀로 하얀 풀을 엄청 많이 쒀서, 그걸 온통 묻히고 뛰어다니며 논다. 문득 놀면 되는구나, 깨닫는다. 놀면 되는구나. 기다리고 준비하고 맞이하고 그러는 게 아니라, 놀다 보면 생은 흐르고 끝날 때 되면 끝나는구나. 그것이 회피나 조적 방어가 아니라 삶을 대하는 가장 중요한 태도구나. 꿈에서 이렇게 언어로 생각하는 게 아니라 소금 맛이 몸에 퍼지듯 체감했다.

눈

초겨울에 아이들과 담양에 놀러간 적이 있다. 돼지갈비를 먹고 집으로 출발하는데 마침 눈이 내리기 시작했다. 따듯한 남도에 사는지라 귀한 눈이 반갑다. 뒷좌석에서 형과 끝말잇기에 한창 정신이 팔려있는 둘째에게 "눈이다. 창밖을 봐. 눈이 온다!" 외쳤다. 당장 이을 말에 골몰하던 아이는 건성으로 "그럼 집에 가져가자!" 한다.

한 달쯤 후 큰 눈 소식이 있어 다시 담양으로 올라왔다. 사는 곳에서 눈은 공중에 잠시 희게 맴돌 뿐 땅에서는 금세 녹아 사라져 버린다. 국도 옆 빈 논에서 눈을 뭉쳐 던지고 쫓으며 눈싸움을 하고 눈덩이를 굴려 하얗고 커다랗고 단단하고 무거운 눈사람을 만들었다. 해도 지고 배도 고프고 이제 집에 가자 했더니 서운한 아들은 다시 "집에 가져가자!" 한다.

집에 가져갈 수 있으면 좋겠다. 녹고 스러지고 부서지고 지워지는 이 모든 것들을. 아이들이 길에서 반짝이는 구슬을 주워 서랍 속에 고이 모으듯.

2장.

이해해 봄

ㄷ-ㅁ

다름

~

조각가 자코메티는 술집 구석에서 카롤린을 처음 만났다. 카롤린은 자코메티보다 마흔 살 정도 어렸다. 자코메티는 팔 년 후 임종의 순간 아내와 동생 대신 카롤린을 혼자 부른다. 예측불가능하고, 활달하고, 충동적이고, 예술이 뭔지 자코메티가 얼마나 유명한 사람인지 별 관심 없는 카롤린에게서 자코메티는 자신에게 없는 낙천성과 긍정성을 보았을 것이고, 기대와 선망이 없는 새로운 시선을 느꼈을 것이다. 끊임없이 실패하는 눅눅한 예술의 공간에 지친 자코메티에게 카롤린은 신선한 자연의 바람 같은 존재였을까. 그러나 자코메티는 그 팔 년 동안 단 한순간도 카롤린과 함께 살지 않았다.

　부부 관계를 탐구했던 정신분석가 헨리 딕스는 누군가에게 매혹되는 일의 그늘에 대해서 말했다. 그는 교수와 비서의 결혼을 예로 든다. 교수는 젊은 비서에게서 자신에게 없는 넘치는 활력과 단순한 기쁨을 보고, 비서는 중년의 교수에게서 깊은 지혜와 쉽게 흔들리지 않는 침착함을 본다. '자신에게 없는' 모습에 매혹된 둘은 결혼하고 얼마 지나지 않아 다투기 시작한다. 남편이 보기에 아내는 너무 충동적이고 무계획적이며, 아내가 보기에 남편은 지루하고 고리타분하다. 사실 서로에게 매혹된 바로 그 이유 때문에 둘은 실망하고 다툰다. 우리는 서로의 다름에 매혹되지만, 그것이 일상이 되면 오래 견디지 못한다.

단독주택

~

애들 뛰지 말라고 혼낼 필요가 없다. 친구들이 몰려와 우당탕거리며 논다. 밤 늦게 피아노를 친다. 씻고 옷 갈아입고 피아노 몇 곡 치는 게 아이들의 루틴이 되었다. 문만 밀고 나가면 먼 산과 하늘이 보이고, 마당엔 단풍나무와 배롱나무가 철마다 꽃과 잎의 색을 바꾸고, 구석구석에서는 꽃이 피어난다. 자정이 넘어도 교향곡이나 재즈를 높은 볼륨으로 듣는다. 아침에 일어나면 커피 한 잔을 들고 마당에 나가 멍하게 바람을 맞는다. 주차장에 농구 골대와 샌드백을 달고, 마당에 피칭 그물과 철봉을 가져다 놓았다. 내가 가장 많이 놀지만(지금도 벽에 공 던지며 펑고 연습을 하다가 들어와 음악을 크게 틀어놓고 이 글을 쓴다), 아이들도 친구 오면 야구공을 던지고 농구공을 튕긴다. 운동신경이 안 좋아 축구할 땐 골키퍼밖에 못하고, 체육 시간마다 주눅 들어있던 큰아들이 이상하게 농구는 적성에 맞는지 공 던지며 몇 번 놀더니 어느새 반에서 제일 농구를 잘한다며 뿌듯해한다. 슬램덩크를 반복해서 읽으며 시간 날 때마다 마당에서 농구 기술을 연마한다.

책상에 가만히 앉아서 일하다가 퇴근하면 집에 가만히 앉아서 책 읽고 음악 듣고 티비 보며 쉬던 내가 (아내의 지시에 따라) 잔디를 깎고, 잡초를 뽑고, 나무 벽에 오일을 바르고, 텃밭을 뒤집고, 웃자란 가지를 치고, 대나무 가지를 모아 빗자루를 만들고, 창고를 조립하고, 콘크리트에 못을 박는다. 이렇게 몸과 손을 쓰는 일을 배운다. 서늘한 저녁엔 불을 피워 고기를 굽고 불멍을 한다.

아파트 값이 오르는지 내리는지, 부동산 시세가 어떻게 변하는지 원래 관심 없었지만 신경 쓸 필요도 없다. 집 짓느라 빚을 새로 냈지만 통장 대신 삶이 더 풍성해진 것으로 만족한다. 집이라는 공간이 언제부터 교환가치가 되었을까.

사실 집은 사용가치조차 넘어선 존재로서, 오로지 거기 사는 사람만이 온전히 그 가치를 알 수 있다. 교환가치도 사용가치도 아닌, 존재가치라고 말해볼 수 있을까.

단순

~

아이들은 학교 가고 아내는 출근하는데 혼자 쉬는 날, 집에 앉아 음악을 크게 듣고 책을 읽고 벽에 야구공을 던지다가 문득 가방에 물과 귤과 밤을 담고 길을 나섰다. 한 시간 반 정도를 운전하여 화순 운주사에 도착했다. 천천히 어슬렁거리며 여기저기 흩어진 탑과 불상들을 만난다. 아이들 학교 끝날 시간에 맞춰 집에 도착하려면 몇 시에 되돌아가야 하는지 계산한다. 오늘 메이저리그 경기 결과를 확인한다. 산을 오르다 멈춰 구 회 말 마지막 타자가 친 공이 바람 때문에 아쉽게도 펜스 앞에서 잡히는 장면을 핸드폰 중계로 본다. 문득 얼마 남지 않은 원고 주제들을 떠올려 곱씹는다.

저녁을 내가 챙겨야 하는데 뭘 해 먹일지 고민한다. 집에 바로 가는 게 맞는지 조금 늦더라도 시내에 들러 뭘 포장하는 게 나을지 계산해 본다. 직장에 도착한 택배를 챙겨 가야 하는지, 그냥 휴가 끝나고 확인할지 번뇌한다. 택배 기사님께 문자를 넣는다. 핸드폰을 들어 사진을 여러 장 찍는다. 이곳 사진을 카톡으로 보내면 아내가 좋아할지 오히려 서운해할지 재보다가 두 장만 딱 보낸다. 상처 준 사람을 생각한다. 불상들을 더 오래 바라보고 싶은데 집에 더 일찍 가야 할 것 같아 초조하다. 산등성이에서 먼 논과 산을 본다. 숨을 깊이 들이쉬었다가 내쉰다. 잠깐 정적이 스며들어 내려앉는다.

　아, 오로지 마음만이 번잡하고 시끄럽구나. 저 멀리 산은 나직하게 누워있고, 탑은 멈춰있고, 돌은 아주 천천히 닳아 간다. 세상은 고요하다. 마음만 이렇게 소란했구나. 잠깐 숨을 깊게 내쉬며 생각들을 같이 내보낸다. 하지만, 금세 단순함에 대한 문장을 만들며 마음은 다시 시끄러워진다.

담요

~

대학에 입학하여 집을 떠나면서 호랑이 담요를 가져가겠
다고 엄마와 실랑이를 벌였다. 커다란 호랑이가 수놓인 두
껍고 무거운 담요인데 기억나지 않는 아주 어린 시절부터
깔고 덮고 자면서, 중학교 때부터 엄마가 버리겠다는 것을
결사적으로 막아왔다. 마음이 불안하거나 괴로울 때 손바닥
으로 이 담요를 쓰다듬고 얼굴을 문지르면 이상하게 위로가
되었다.

위니코트는 아이가 엄마 품에서 벗어나는 과정을 겪을 때
엄마를 상징하는 대상을 주변에서 발견하여 거기에 의지하
면서 불안을 건딘다고 했다. 우리가 애착 대상 혹은 중간 대

상이라고 부르는 것들이다.

　나에게 애착 대상은 호랑이 담요였지만, 누구에게는 곰 인형이나 토끼 인형이기도 하고, 엄지손가락이나 엄마 머리카락일 때도 있다. 중요한 것은 우리가 아이에게 이 애착 대상을 권해주거나 정해줄 수 없다는 점이다. 이 담요가 무겁고 먼지도 많이 쌓였으니 다른 담요를 덮으라고 할 수 없고, 손가락을 빼는 것은 비위생적인 행동이니 토끼 인형을 대신 안고 자라고 할 수도 없다. 근본적으로 의미는 이런 식으로 다른 누군가에게 부여받는 것이 아니라 스스로 발견하는 것이기 때문이다.

　영국 정신분석가 아담 필립스는 "정보와 달리 의미는 부과될 수 없고, 개인적 인식을 통해서 발견될 수 있을 뿐이다"*라고 말했다. 이 때문에 이별한 이에게 '세상에 여자가 많은데 왜 그렇게 그 사람만 생각하느냐' 혹은 '내가 아는 좋은 사람이 있는데 한 번 만나봐라' 같은 조언은 아무런 위로가 되지 않는다. 또한 정신치료에서 치료자가 환자의 문제

＊　애덤 필립스, 《Winnicott》, Harvard University Press, 1989.

를 이해하는 것이 반드시 환자가 나아지는 결과로 이어지지도 않는다. 온 세상을 다 돌고 나서야 우리는 내 집에서 파랑새를 발견한다. 그 누구도 대신 찾아줄 수 없다.

덕분

~

"선생님 덕분이에요"라는 말을 들으면 뿌듯하다. 내가 하는 일이 의미 있다는 증명을 얻은 것 같고, 타인에게 도움이 된다는 흐뭇한 만족감이 차오른다. 하지만 "덕분이에요"라고 말할 때 항상 우리 마음은 복잡해지기 마련이다. 감사하는 마음만큼 내가 부족하고 나약하다는 아픈 자각이 있고, 더 나아졌으니 다행이라는 마음만큼 저 사람이 없을 때 무너지면 어쩌나 싶은 불안이 남는다. 거기다 혼자서는 아무것도 못할지도 모른다는 자괴감과 저 사람을 위해서 뭐라도 해야겠다는 의무감, 그리고 의존이나 부채에 대한 불쾌감이 뒤엉킨다.

어떤 사람들은 감사하는 마음 때문에 정작 자신의 감정에 집중하지 못하게 되기도 한다. 나를 위해서가 아니라 남을 위해서 좋아지려다 보면 일어나는 일이다. 그래서 일부러 변화를 망가뜨리고 관계를 파괴하려고 한다. 의존한다는 느낌이 아주 오래된 불안과 분노를 일으키는 것이다.

그렇기 때문에 감사 속에 담긴 복잡한 감정들을 인식하는 것이 필요하다. 최선을 다하되 "내가 당신을 위해서 얼마나 노력했는데…"라는 생각이 드는 지점을 경계해야 한다. 반 농담으로 치료자는 '돈 받은 만큼만' 노력하는 거라고 이야기하곤 한다. 서로 지나치게 감사하거나 미안하거나 서운하지 않은 지점에 서있어야 한다. 그래야지 삶이 스스로의 힘으로 자라날 수 있다.

돌멩이

~

산책을 할 때면 돌멩이를 하나 줍는다. 여행에서 새로운 물과 흙과 길을 만나도 그곳에 있던 돌멩이를 주워 만지작거린다. 손바닥으로 꼭 쥐어보고 손가락 끝으로 문질러본다. 오른손에서 왼손으로 옮겨보고 마치 짓뭉갤 수 있다는 듯 꽈악 누르고 손톱으로 긁는다. 그리고 호주머니에 넣고 걷다가 집으로 돌아와 담에 올려놓는다.

그렇게 돌멩이를 모으고 있다. 이상한 사물이다. 사용가치도 교환가치도 없는, 쓸모와 의미에서 물러난 순수한 사물이다. 속까지 겉과 같은 물질일 거라 짐작하지만 확인할 수 없는, 있는 그대로 열려있지만 꽉 닫힌 미지의 사물이다.

수억 년 세월 동안 존재한, 늙었지만 시간에서 빗겨난 듯 확고한 존재다.

손아귀에 들어오는 자그마한 돌멩이에 마음을 전부 기댄다. 정신분석가 프랜시스 터스틴은 "우리는 극도의 불안에 처하면 단단한 대상을 만지는 촉각을 통해 간신히 안전감을 유지한다"고 말했다.[*] 존재 전체가 이 작은 사물에 매달리는 것이다. 돌멩이를 쥐고 있으면 안팎이 문득 뒤집혀 내가 이 돌멩이의 고요한 내면에 웅크리고 있는 것 같다. 제발트는 "사물은 (보통) 우리보다 더 오래 살아남으므로, 우리가 그것들에 관해 아는 바보다 그것들이 우리에 관해 아는 바가 더 많다"[**]라고 썼다. 아버지가 물려주신 검은 돌이 지금도 나를 바라본다.

[*] 프랜시스 터스틴, 이재훈 외 옮김, 《자폐 아동을 위한 심리치료》, 한국심리치료연구소, 2001.
[**] W.G.제발트, 이경진 옮김, 《전원에 머문 날들》, 문학동네, 2021.

동물

~

동물원을 싫어하는 아이가 있을까? 아이들은 무서워 엄마 뒤로 숨거나 피곤해 아빠 품에 안겨있다가도 어느새 눈빛을 반짝이며 입을 벌리고 우리에 바싹 다가간다. 어른들은 시큰둥하게 터벅터벅 아이들 뒤를 따라다니지만 문득 매혹되어 넋을 잃고 바라보기 마련이다. 징그러운 뱀이나, 손끝으로 날아드는 새나, 윤기 흐르는 털 밑에 우아한 근육이 꿈틀거리는 호랑이를 말이다. 사실 주변에서 동물이 사라진 지 오래다. 일상에서 우리는 고작 개와 고양이나 마주칠 뿐, 거의 모든 육식동물이 뒷산에서 사라졌으며, 고기는 정육점에 깔끔하게 포장되어 있고, 로드킬 당한 고라니나 가끔 우리를 놀라게 한다.

하지만 현실과 달리 우리 마음속엔 여전히 수많은 동물이 산다. 정신건강의학과 전공의 수련 과정을 밟으며 해 뜨기 전 집을 나서서 병원에 갇혀있다가 해가 진 후 집으로 돌아오는 생활을 하던 때, 오래 기억에 남는 꿈을 꾸었다. 집 베란다에 흰 얼룩이 있는 거대한 검은 뱀이 또아리를 틀고 있어 놀라는데, 갑자기 흰색과 연두색 늑대가 방 한가운데 나타난다. 늑대는 어미와 아비로 보이는 큰 놈 두 마리와 새끼 세 마리, 총 다섯 마리다. 어머니가 이 늑대들이 온 곳으로 빨리 가서 늑대를 잡아오라며 지도를 보여주는데, 우리는 중국의 남쪽 해안에 있고 '중원'으로 가야 한다. 방구석을 보니 이제 거대한 초록색 구렁이가 꿈틀거리고 있다. 동물들이 꿈에 가득 출몰하여 중심을 향하라고, 더 생생하게 살아가라고 말하고 있었다.

유럽에서 가장 번화한 도시 중 하나에 살았던 프로이트는 환자들에게서 자꾸 동물을 만났다. 동물들은 꿈에 출몰하고 환상에서 뛰쳐나왔다. 사실 프로이트의 논문 수백 편 중에 실제 사례를 구체적으로 다루는 논문은 그리 많지 않은데,

가장 유명한 네 사례 중 세 사례에서 동물이 핵심 주제로 등장한다. 늑대인간은 꿈에 늑대가 나오는 꿈이 증상을 이해하는 열쇠였고, 한스는 말을 무서워하는 증상이 있었으며, 쥐인간은 쥐가 엉덩이로 들어올까 봐 강박적으로 두려워했다. 불안이 자꾸 동물을 중심으로 모여들었다.

오비디우스의 《변신 이야기》에서 사람들은 자꾸 동물로 변한다. 욕망이나 두려움 때문에 살아있을 때 동물이 되고, 존재에 깊이 새겨진 슬픔이나 설움 때문에 죽어서도 동물이 된다. 동물들은 우리 마음을 깊이 건드린다. 프랑스 철학자 미셸 세르는 이렇게 말했다. "우리는 기형 동물이야. 우리는 종(種)을 바꾸지! 동시에 여러 가지 동물이 되지 않는 사람은 별 가치가 없어."[*]

---

[*] 미셸 세르, 이규현 옮김, 《천사들의 전설: 현대의 신화》, 그린비, 2008.

뒤돌아보기

성경에서 소돔과 고모라를 탈출하던 롯의 아내는 뒤돌아보지 말라는 하느님의 명령을 어겼다가 소금 기둥이 되어버린다. 그리스 신화에서 오르페우스는 노래로 저승의 신 하데스의 마음을 녹이고 에우리디케를 구한다. 그러나 뒤돌아보지 말라는 명령을 어기는 순간 에우리디케의 영혼은 저승으로 순식간에 빨려 들어간다. 우리나라의 장자못 설화에서 며느리는 스님의 "절대 뒤를 돌아보지 말라"는 당부를 잊었다가 등에 업은 아이와 함께 돌이 되어버린다. 《이집트 사자의 서》에는 '뒤돌아보지 말라'는 말이 반복해서 나온다. 뒤돌아보지 말라, 뒤돌아보지 말라….

자꾸 뒤돌아보지 말라고 하는 이유는 무엇일까? 그냥 과거는 잊고 앞을 향해 나아가라는 통속적 위로일까. 뒤돌아보지 않는 데 성공한 설화가 단 하나도 없는 이유는 어쩌면 뒤돌아보는 것이 인간 됨의 숙명이기 때문은 아닐까? 나아가 살던 터전, 사랑, 삶을 뒤돌아보라는, 그리하여 상실을 감수하라는 명령이 아닐까.

오르페우스가 뒤돌아보지 않았다면, 바라던 대로 '죽음의 그늘로 감싸인' 에우리디케와 백년해로할 수 있었을까? 그것이 사랑일까? 사랑한다면 걱정되어 돌아보지 않을 수 없고, 그래서 사랑을 영원히 잃을 수밖에 없을 것이다. 사랑하지 않는다면 뒤돌아보지 않을 수 있겠지만 산 것도 죽은 것도 아닌 존재와 마주쳐야 했으리라. 그리하여 옛이야기들은 상실까지가 진짜 삶과 사랑의 완성이라는 이야기를 하고 싶었던 것인지도 모른다.

뒤엉킴

~

 저녁이 되어 공기가 좀 서늘해지는 것 같아 번역 원고를 내려놓고 이어폰을 낀 채로 걷기 시작했다. 공기가 도톰하여 그 안에 서늘함과 따스함이 뒤엉켜있다. 아랫마을 골목 사이로 낮은 담의 집들을 지나 논까지 내려간다. 규칙적으로 움직이는 몸의 감각, 살에 닿는 바람의 감촉, 공기 속의 달콤한 냄새, 아이들 생각, 어제 본 드라마의 장면들이 교대로 의식에 떠올랐다가 멀어진다. 드라마 속 남자의 감정에 잠깐 잠겼다가 여자의 감정에 오래 닿는다. 꿈처럼 깊고 막연한 감정들, 해소되지 않고 고여있다가 웅덩이가 말라가듯 희미해지는 감정들. 꼬리를 쫑긋거리는 박새, 모여서 재잘거리는 참새, 천천히 슬로우 모션으로 착륙하는 왜가리, 그리고 푸른 식물들. 식물성의 거울 뉴런도 있는 것일까. 초록 토마토의 동그란 엉덩이가 늦은 햇살에 반짝거릴 때, 논의 연둣빛 벼 잎이 천천히 흔들거릴 때, 마음은 왜 따라서 일렁이고 설레는 것일까. 이 두툼한 현재, 몸이라고, 마음이라고, 세상이라고, 감정이라고, 기억이라고 규정지어 말할 수 없는 뒤엉킴. '춤과 춤추는 자를 구분할 수 없는 것'*처럼.

---

* 윌리엄 버틀러 예이츠, 〈Among school children〉.

뒷모습

유치원 차를 태워 보내던 시절엔 뛰어가는 아들의 뒷모습을 항상 눈에 담았다. 그 모습이 아침마다 마음을 흔들어서 매일 유치원 차가 떠날 때까지 그 자리에 서 있었다. 요즘에는 아침에 두 아들이 학교 간다고 집을 나서면 뒤따라 나가 터벅터벅 멀어지는 모습을 모퉁이를 돌 때까지 바라본다. 출근을 준비하기에도 바쁜 아침인데 이상하게 발걸음이 떨어지지 않는다. 왜 뒷모습은 이렇게 마음을 깊이 흔드는 것일까?

얼굴도 손짓도 보이지 않아 그 사람의 상태에 대한 정보가 거의 없는 상태다. 뒷모습은 준비할 수 없고, 조절할 수 없고, 꾸밀 수도 없다. 항상 활짝 열려있어서 얼굴 표정처럼 닫을 수도 없다. 팔다리 휘둘러 방어할 수도 없다. 말이 없기에 침묵의 온도가 느껴지고, 표정이 없기에 온몸이 말하고, 무력하기에 오히려 존재 자체가 오롯이 떠오른다. 우리가 한 사람의 본질에 가장 가까이 다가가는 순간이다.

드라이브

산책할 때 우리는 길을 한 땀 한 땀 밟아가며 온몸의 감각으로 세상을 만난다. 드라이브는 세상과 만나는 정반대의 형식이다. 오로지 발끝으로 가속하는, 운동하지 않는데 움직이는 이 경험은 낯설다. 시속 백 킬로미터의 비인간적인 속도 속에서 우리는 차창 밖으로 빠르게 흐르는 시각적 경험이 주는 압축적인 탐색과 발견의 기쁨을 누린다.

차는 시각 외에 다른 감각들이 차폐된 사적인 공간이다. 그 감각적 진공 속에서 좋아하는 음악을 틀면 마치 영화의 클라이맥스에서 사운드트랙이 깔리면서 시간이 팽창하고 감정이 고조되듯, 자동차의 유리창은 스크린이 되고 풍경과 상념과 속도와 음악이 합쳐져서 황홀한 한순간에 잠긴다. 자동차의 시대와 영화의 시대가 겹치는 건 우연일까? 하지만 우리네 삶에는 사운드트랙이 없고, 결정적인 순간들은 적막 속에서 너무도 빠르게 스쳐 지나간다.

드럼

퓨전 재즈를 잘 듣지 않는다. 연주가 우아하거나 화려해도, 비트가 빠르고 경쾌해도 희한하게 지루하고 재미가 없다. 신디사이저로 만들어낸 드럼 사운드는 이상하게 맥이 풀린다. 이십 대에는 왜 그런지 이해하기 어려웠다. 사실 사람과 컴퓨터가 그렇게 다르지 않은 것 같은데, 오히려 전자비트가 더 정확한 리듬을 만들어낼 것 같은데 괜한 속물근성으로 퓨전 재즈를 폄하하는 건 아닌지 반성도 했다.

정신과 의사가 되어 심박변이도(HRV)라는 개념을 알게 되면서 의문이 풀렸다. 이 개념은 심박수의 규칙성을 연구하다가 발견된 것으로 연구자들은 들이마시고 내쉬는 호흡의 리듬이 심장 박동과 연결되어 있다는 것을 알게 되었다. 자율신경계가 건강할수록 호흡에 따라 심박수의 리듬이 더 크게 변한다. 그러니 우리 몸이 건강할수록 심장은 불규칙하게 뛴다. 그리고 균형이 훼손되어 몸의 반응이 경직되면 오히려 심박동은 아주 규칙적인 패턴이 된다. 퓨전 재즈처럼 규칙적인 비트는 건강한 몸에서는 불가능한, 부자연스럽고 '아픈' 리듬인 것이다. 퓨전 재즈가 심심하고 불편했던 이유가 바로 여기 있었다. 진정한 박동은 불규칙적으로 규칙적이며, 생에 닿아있는 모든 리듬이 사실 그러할 것이다.

말

상처가 나면 우리는 본능적으로 웅크린다. 다친 곳을 가리고 공격자에게 등을 돌려 몸을 보호한다. 친구가 장난으로 툭 치는 것인 줄 알더라도 막상 아프면 나도 모르게 웅크리게 되고 울컥 화도 난다.

말로 상처 입을 때도 마찬가지다. 의도가 아무리 선하더라도 말이 아프면 우리는 웅크릴 수밖에 없다. 말의 의미를 이해하고 이를 통해 자신을 들여다보기 이전에, 일단 공격자를 물리치고 내 상처를 보호하는 게 우선이 된다. 그러므로 말로 상대를 변화시키려고 할 때, 말이 칼처럼 혹은 매처럼 주어지면 안 된다. 말로 찔리거나 말에 맞으면 안 된다.

말이 꽃이나 선물 혹은 돈이 되는 것도 좋은 일은 아니다. 당신 말을 듣고 알고 이해하게 되면 좋고 고마운 일이지만, 무언가를 받는 일에는 항상 부끄러움이나 수치, 혹은 시기가 일어날 수 있는 여지가 있다. 게다가 당신이 조금 더 기다려주었다면 스스로 깨닫고 더 깊이 느낄 수 있었을지도 모른다.

우리는 고마운 마음에 이해하는 척할 수도 있고, 보답해야 한다는 부담감에 억지로 변화하려 할 수도 있고, 내가 당신보다 부족하고 약하다는 생각에 마음 한구석이 아플 수도 있고, 옳은 말이니 더욱 네 말대로 하지 말아야겠다는 반항심이 올라올 수도 있다. 네 말이 틀렸다는 것을 증명하고 싶어서 내 리듬이 깨질 수도 있다.

말이라는 것은 그렇기에 참 어렵다. 위니코트는 분석이 놀이가 될 수 있어야 한다고 썼다. 아이들이 재미로 공을 티키타카 주고받듯, 분석에서도 두 사람이 모두 상대의 말을 가지고 놀 수 있는 공간이 있어야 한다고 했다. 그는 심지어 해석을 하는 이유는 환자에게 분석가가 틀릴 수 있다는 것을 보여주기 위해서라고 했다. 관심과 애정으로 다가가되 아프게도 무겁게도 하지 않기. 그래서 말처럼 쉬운 게 없는데, 말처럼 어려운 것도 없다.

말과 글

~

　말을 미리 준비하지 않으려 한다. 전체적인 주제와 소재만을 챙길 뿐 자세한 문장은 만들지 않는다. 막상 그 순간 그 자리의 분위기와 사람들의 반응에 따라 말은 자연스럽게 풀려나오는데, 말하다가 문득 내 입을 통해 발화되는 새로운 생각을 발견하기도 한다. 말은 언어지만, 그 배경에 감정과 육체와 관계가 있고, 그 맥락 속에서 말은 항상 새롭게 태어난다. 게다가 말한다는 사건 자체에는 항상 미묘한 기쁨이 있다. 정신분석가 미리암 슈제이는 "우리는 단지 무언가를 말하고 싶기 때문만이 아니라, 우리가 지어내는 것이기 때문에, 우리가 말을 하는 동안 상상하기 때문에, 그리고 비와 맑은 날씨에 대해 말하는 동안 세상을 직면하는 자신에 대해 말하는 것이기 때문에 말을 한다"*라고 썼다.

글을 쓸 때는 수십 번 읽고 고친다. 시간과 공간이 박탈된 추상적 공간에서 글은 어디에도 닿지 못하고 홀로 진공 속에 고여있다. 그러면서 오로지 내 안을 파고드는데 단어가 다른 단어를, 문장이 다른 문장을, 사유가 다른 사유를 불러낸다. 내 안에 있었지만 내가 알지 못했던 것들에 도달한다. 감정이 생각을 이끌어내고, 문장을 다듬으면서 조금씩 정교해지는 생각이 미묘하게 다른 빛깔의 감정을 일으키고, 그 감정이 새로운 기억과 생각을 다시 불러일으키는 내적 연쇄에는 또 다른 기쁨이 있다.

이렇게 말은 밖과, 글은 안과 호응하며 서로 다른 방식으로 나아가서 결국 다르지만 같은 새로움에 닿는다. 언어로 사유하는 일의 한결같은 기쁨이다.

---

*　미리암 슈제이, 김유진 옮김, 《아기에게 말하기》, 한국심리치료연구소, 2015.

모노

~

피아니스트 알프레드 코르토의 앨범 두 장을 모노 엘피로 듣는다. 그중 자크 티보, 파블로 카잘스와 함께한 슈만 트리오 녹음은 1928년도 것이다. 오래되어 어위고 지글거리는 이런 모노 녹음을 굳이 찾아 듣는 일은 촌스러운 회고 취미이자 남과 다르고 싶은 속물근성일 테지만, 한편으로는 이 시절 음악의 역설적인 신선함 때문이기도 하다. 사실 이 시절 음반들을 듣다 보면 당황스러울 때가 많다. 좋아하는 파블로 카잘스의 프라드 페스티벌 실황에서 카잘스의 어떤 연주는 고등학생이 연습하는 것처럼 거칠고, 코르토의 쇼팽은 실수도 많을뿐더러 술 한잔 걸치고 친구들과 노는 것처럼 흐물흐물 대충대충이다. 하지만 그 안에 현대 음반에서는 절대 찾을 수 없는 흥취가 있다. 요즘처럼 연주가 선명하게 녹음되어 수많은 사람들에게 수십 년 동안 평가받을 것이라는 불안도 없고, 한 곡에 수십 개의 명연이 즐비하여 언제든 비교당할 것이라는 압박감도 없는 시대의 자유로움과 즉흥성이 이 시절의 연주들을 특별하게 하는 게 아닐까. 완벽해야 하고, 달라야 하고, 더 나아야 한다는 강박이 없는, 이제는 되돌아갈 수 없는 시절의 흥취. 그래서 젊은 천재들의 음반보다 칠십 년, 구십 년 전의 촌스러운 연주들이 더 싱싱하게 다가온다.

모른다

～

사람은 뻔하다. 첫 회기에서 삼사십 분, 어떨 때는 십 분만 이야기해 봐도 이 사람 성격이 어떻고 상황은 어떤지, 무엇이 핵심 문제인지, 어떻게 다가가야 하는지 그림이 그려질 때가 많다. 경험이 쌓일수록 이 일은 조금씩 더 쉬워진다. 하지만 다른 한편으로 경험이 쌓일수록 마음 한구석에서 자라는 생각이 있다. '사람은 알 수 없다', '저 사람은 내가 모른다'는 것이다.

아무리 물어도 다 파악할 수 없는 두껍고 복잡한 일상과, 부부나 가족만 아는 미묘한 상호작용의 오랜 역사가 지금의 나를 이룬다. 무수한 외적 사건들이 삶에 들어오고 마음을

마음

2장. 이해해 봄

101

끊임없이 변하게 할 터라서, 우리가 한 사람의 영혼의 깊이를 다 파악하는 것은 불가능할 뿐 아니라, 2주 전 내가 만난 사람은 오늘 이 사람이 아니다.

우리는 이 모든 것을 다 이야기할 수 없을뿐더러, 이야기하려 하지도 않는다. 나도 아무에게도 말하지 않고 무덤까지 가져갈 비밀들이 있다. 내가 말하면 사람들은 '저놈이 내가 아는 그런 놈이 아니구나!' 할 텐데 나는 이 이야기를 누구에게도 하지 않을 테니, 사람들은 그런 나를 알 수 없다. 그만큼 우리 모두에게는 누구에게도 말할 수 없는 비밀이 있고, 그 비밀은 사실 우리의 가장 깊은 정체성을 형성하는 것이라서, 당신은 나를 모른다. 나는 당신을 모른다.

공감은 분명히 미덕이고 아주 소중한 가치다. 공감이 안 되거나 공감을 받지 못해서 힘든 사람들을 진료실에서 매일 만난다. 조금 더 공감하고 조금 더 공감받는 일은 우리에게 중요한 과제이다. 하지만 공감에도 그늘이 있다. 공감하다 보면 우리는 어느 순간 '나는 너를 알겠다'는 지점에 도달하곤 한다. 그래서 사실 내 거울신경과 경험을 통한 주관적 판단에 불과한데도 나는 너를 이해하고 안다고 믿어버린다.

타인을 자기화하는 왜곡이 일어나는 순간이다. 이때 '너'는 사라지고 오로지 '나'만 남아서 '너'라는 존재의 알 수 없는 깊이를 망각할 수 있다.

정신분석학자 비온은 매 회기마다 "기억과 욕망을 제거할 필요가 있다"고 썼다. 내가 너를 안다고, 네가 어떤 사람인지 파악했다고 믿을 때 우리는 새로운 것을 느끼고 이해하는 능력을 잃어버린다. 기억에 갇힐 때 앞에 있는 사람은 현재 살아있는 존재가 아니라, 마음속 딱딱한 관념이 되어버릴 수 있다. 그러면 우리는 상대를 이해하는 데 결정적으로 실패하게 된다. 많은 원숙한 분석가들이 오히려 초보 치료자가 좋은 치료를 할 때가 많다고 말하는 이유도 여기 닿을 것이다.

우리는 타인을 알 수 없음을, 타인의 마음에 가닿을 수 없다는 것을 인정하고 존중해야 한다. 그 역설 속에서 존중과 이해가 자라고, 바라건대 변화가 가능한 공간이 생길 것이다.

모순

~

    차분하고 공감을 잘하며 깊이 이해하는 사람이라는 이야기를 들었다. 누구는 나더러 예민하고 사교적이지 못하고 제 속만 파고드는 사람이라고 한다. 한 달에 오백 명이 넘는 환자를 만나지만 2주, 4주 전의 낯빛과 표정을 기억한다. 하지만 이사한 지 3년 된 집의 전등 스위치 순서를 매번 헷갈리고, 깜빡하고 현관문을 활짝 열어둔 채 출근한 게 여러 번이다. 아픈 마음에 대한 책을 쓰고 양육에 대한 부모 상담을 하지만, 집에서 아이들에게 아빠는 약속을 안 지키고 버럭 소리나 지르고 수학 문제도 못 푸는 사람이다. 모르고 있었던 속마음을 이해하게 돕는 일을 하지만, 만난 지 이십 년 된

아내의 마음을 아직도 잘 모를 때가 많다. 새로운 책을 읽고 낯선 곳에 여행 가는 것을 좋아하지만, 읽던 장르만 읽고 가던 길만 가고 자던 데서 자고 했던 것만 하려 한다. 배려하고 주변을 잘 챙기는 사람이지만, 새로운 사람을 만나는 게 싫고 형식적인 식사 자리를 피한다. 높은 자리에 대한 욕심도 별로 없고 돈 버는 일에도 무심하지만, 탐욕스럽게 엘피를 모으고 하이엔드 오디오를 동경한다. 하나를 보면 열을 알 수 있지만, 우리는 그 사람의 그늘을 절대로 모두 알 수 없다. 자아는 모순들로 짜여진다.

모호

    버스커버스커의 첫 앨범에 들어있는 노래 중 〈꽃송이가〉를 유독 좋아한다. 남녀가 만나 설레어 하며 막 썸을 타기 시작하는 것 같은데, 밑도 끝도 없이 '꽃송이가 꽃송이가 그래그래 피었네'라고 노래한다. 둘이 잘되고 있는 건지, 남자의 오해인지, 제대로 연애를 시작한 건지 말을 해주지 않는데, 그래서 더 설렌다. 둘이 정확히 어찌 되었는지 이야기해주는 것보다 더 재밌다. 어쩌면 모호가 더 사실에 가깝기 때문은 아닐까. 남자의 마음도 모르고 여자의 마음도 모르고 썸을 탄다고 심지어 결혼을 한다고 해서 타인의 마음을 '확실히' 아는 순간은 오지 않는다. 우리는 영원히 타자를 알기 위해 노력하지만 과녁은 빗나가고 그 빗나감을 받아들이는 것이 결국 사랑의 일부이다. 게다가 우리 마음 역시 영원히 우리에게 낯설지 않은가. 몰라서 설레고 몰라서 기쁘고 또 슬픈 그곳에서 꽃송이가 꽃송이가 그래그래 피어난다.

무지

~

우리는 유식한 사람을 부러워한다. 삶과 세상과 자연과 우주에 대해서 조금이라도 더 알려고 한다. 지식은 권력 같은 거라서 '박사님'이라는 호칭이 붙으면 아무리 못난 사람도 멋져 보인다.

하지만 유식만큼 무지도 중요하다. 미래를 모르니 설렘을 느끼고 희망을 품는다. 상대를 모르니 사랑하고 신뢰한다. 나 자신을 모르니 성장하고 변화한다. 무지하기에 우리는 현재를 산다.

셰익스피어의 한 희곡에서 왕은 이렇게 말한다. "아무리 행복한 청년이라도, 그가 모면해 온 과거의 위험, 앞으로 닥칠 고난을 두루 꿰뚫어 보게 되면, 그 운명의 책을 덮어버리고 그 자리에 주저앉아 죽고 싶어 할 것이오. "*

---

*   윌리엄 셰익스피어, 이덕수 옮김, 《헨리 4세 제2부》, 형설출판사, 2004.

물수제비

추운 겨울 오후에 큰아들과 동네 바다에 산책을 나갔다. 사람들이 종종걸음을 치며 하늘빛을 그대로 품은 바다를 바라본다. 중년의 여성 두 분이 깔깔 웃으며 물수제비를 던진다. 돌멩이는 날아오르지 못하고 첨벙 물속에 빠져들기 일쑤지만, 친구와 함께하는 놀이이기에 실패해서 웃고 성공해서 즐거울 뿐이다. 오랜만에 나도 어깨를 휘휘 저으며 잔잔한 수면에 납작한 돌멩이를 던져보는데 우연히 한 번 만에 수면 위로 열 번을 튀어 오르고 아쉬운 듯 가라앉는다. 아들은 놀라고 신기해한다. 자신 없어 하는 아이를 계속 부추거서 연습을 시켰더니, 예닐곱 번 시도 만에 돌이 톡톡 딱

두 번 물 위에서 뛰어놀았다. 들떠서 눈을 반짝이는 아들이랑 집으로 돌아오면서 문득 오늘이 아들의 생에서 오래 기억나는 날이 되지 않을까 생각해 본다. 처음 휘파람 분 날, 처음 손가락 끝으로 농구공을 돌린 날, 처음 쉬지 않고 수영장 반대편까지 헤엄쳐 간 날을 내가 아직도 기억하는 것처럼. 그 사소한 성취가 어른들이 반겼던 그 어떤 성공보다 뿌듯하고 흐뭇했던 것처럼.

메모

~

생각은 질서정연하게 만들어지지 않는다. 어떨 때는 하나의 장면으로, 어떨 때는 부실한 문장으로, 가슴이 덜컥 내려앉거나 머리가 환해지는 발견으로, 그렇게 여러 형식으로 떠오른다. 대부분의 경우 빠르게 붙잡아서 단어와 문장으로 대충이라도 옮겨놓지 않으면 아침에 꿈이 수증기처럼 증발하듯 금세 사라져 버린다.

얼마 전 핸드폰과 컴퓨터에서 동시에 동기화되는 메모 앱을 알게 되면서 떠오르는 파편들을 그때그때 적어놓을 수 있게 되었다. 덕분에 이 앱이 없었다면 사라졌을, 애당초 존재하는지도 몰랐을 사금파리들을 많이 주워 모았다. 이 책은 그 사금파리들을 담아놓은 상자이다. 운 좋은 녀석들은 문장으로 닦고 윤을 냈지만 어떤 녀석들은 정말로 껍질만 남고 사라져 버렸다. 예를 들어 '메모' 폴더 안에는 '저녁 빛'과 '형제'라는 제목의 메모가 있는데, 문서를 열어보니 아무 내용이 없다. 제목만 적어놓고 내용은 나중에 채워야지 하다가 깜빡한 것이다. 가만히 고개를 숙이고 앉아 아무리 골똘히 생각해 봐도 아무것도 떠오르지 않는다. 그 '생각'은 이미 사라져 버렸다, 세상에 태어나 살다가 떠난 선조들처럼. 하지만 그 삶이 있었기에 내 삶이 있듯, 소멸된 그 생각들은 현재 붙잡은 생각의 선조이리라. 무엇도 완전히 사라지지는 않는다.

믿음

～

산책하다가 수풀에서 도깨비바늘 씨앗이 아내 치마에 잔뜩 붙었다. 한참 언덕을 오르다가 문득 발견하고 아내는 갑자기 간지럽다고 한다. 간지러운 건지 간지럽다고 생각하는 건지 모르겠는데 정말 간지럽다고 한다. 무서운 것과 무섭다고 생각하는 것을, 아픈 것과 아프다고 믿는 것을 우리는 구분할 수 있을까?

좋은 것과 좋다고 믿는 것은 어떨까. 항우울제 연구를 보면 진짜 약을 복용한 사람은 세 명 중 두 명이, 플라시보를 복용한 사람은 세 명 중 한 명이 증상이 호전된다. 실제로 플라시보 연구는 도파민과 엔돌핀 같은 신경전달물질이 작

용하면서 전전두엽의 특정 영역의 변화가 일어나 '실제로'
효과가 생긴다는 것을 확인했다. 믿는다면 정말 변화가 일
어나는 것이다. 그렇다면 우리는 과연 사랑하는 것과 사랑
한다고 믿는 것을 구분할 수 있을까?

　둘째가 유치원에 다녀와서 재잘댄다. 용감함에 대해 말
하다가 "도윤이는 매미도 손으로 잡을 수 있어. 걔는 자기
가 우리 반에서 제일 세니까 이것도 할 수 있겠지, 하고 생각
하는 것 같아"라고 한다. 믿음과 능력이 겹치는 지점을 아이
는 명확하게 보고 있다. 할 수 있다고 믿는 것과 할 수 있는
것을 구분하는 것은 불가능하다. 비온은 결국 환자가 자신
의 진실에 도달하리라는 치료자의 믿음이 치료의 가장 중요
한 요소 중 하나라고 말했다.

3장

사랑해 봄

ㅂ-ㅅ

바다

~

낙향하고 바다가 보이는 아파트에서 오 년을 살았다. 동남향이라 일 년 중 사오 개월 정도는 거실에 앉아 바다에서 해가 떠오르는 풍경을 볼 수 있었다. 처음에는 매일매일, 그리고 시시각각 다른 모습으로 변하는 바다와 거기에 비친 하늘이 좋아 한참을 바라보았다.

하지만 한 해 한 해 시간이 흐르면서 바다가 마치 오래된 인테리어처럼 익숙해졌다. 새해 아침에 거실에서 해돋이를 보는 사치스러운 행사도 귀찮아서 늦잠을 푹 자고 일어나고는 했다.

그런데 그 와중에도 아이들과 차를 타고 근처 거제나 고

홍에 놀러갈 때면, 차가 언덕을 넘어 바다가 보이기 시작하는 순간, 아내와 나는 동시에 "와, 바다다!" 하고 진심으로 외치고 있었다. 바다에는 질릴 수가 없는 것이다. 엄마의 얼굴이 질리지 않는 것처럼.

바닷가 옆에 위치한 작은 소도시에 살다 보니 바다를 만나는 길이 여러 가지다. 어느 날은 작은 공단 지역에서 사람 한 명 없는 이차선 도로를 홀로 걷다가 길 끝에서 아무런 예고 없이 담벼락을 만나듯 갑작스럽게 바다와 마주쳤다. 거친 시멘트 방파제에 앉아서 한참 동안 바다를 쳐다보고 있는데, 해가 바다로 들어가는 모습을 보겠다고 땡볕에 얼굴이 까맣게 타도록 모래사장에 앉아 오랫동안 바라보았던 열일곱 살의 바다와 혼자 배낭에 쌀과 김치를 담고 텐트를 진 채로 하루에 사십 킬로미터씩 걷다가 멍하게 마주했던 스무 살의 바다가 현재 마흔여섯 살이 되어 만난 눈앞의 이 바다와 겹쳤다.

영원히 출렁이며 밀려오는 저 바다의 물결 속에 막막하여 그만큼 설레던 열일곱 살의 나와, 욕망과 공허가 뒤엉켰던 스무 살의 나와, 적당히 기대하다 금방 지쳐버리는 마흔여

섯 살의 내가 구분할 수 없이 녹아있다. 오로지 바다라서 가
능한 만남이다.

반복

~

    좋아하는 노래를 반복해서 듣는다. 마티아스 괴르네가 부르는 슈베르트 가곡 〈밤과 꿈〉을 매일 밤 듣고, 위켄드의 〈I Feel It Coming〉을 출근할 때마다 듣는다. 젊을 때는 글렌 굴드가 연주하는 〈골드베르크 변주곡〉의 아리아를 수백 번씩 듣기도 했다. 한 음 한 음의 흐름과 뉘앙스를 다 기억하고 그 소절에서 어떤 느낌이 드는지 아는데도 자꾸 반복해서 듣는다. 반복할수록 지겹고 뻔한 게 아니라 같은 자리에 물방울이 떨어져 돌이 조금씩 패여가듯 마음에 더 깊은 흔적이 남는다.

    아이들은 동화책을 반복해서 읽는다. 같은 책을 수십 번씩 매일 밤 읽어달라고 하면서, 다 아는데도 똑같은 데서 놀라고 똑같은 데서 안도하고 기뻐한다. 작은 디테일도 바꾸기를 거부하면서 마음의 어떤 마디가 풀릴 때까지 자꾸만 그 이야기를 듣는다.

저자가 기억나지 않는 한 단편에서 남자는 출근하다가 갑자기 기차를 타고 살던 도시를 떠난다. 낯선 곳에서 취직하고 새로운 여자를 만나 가정을 꾸린 그는 이십 년이 흘러 문득 자신이 전과 비슷한 일을 하면서 첫 아내와 비슷한 사람을 만나 매일매일 비슷한 삶을 살고 있다는 것을 깨닫는다. 외래에서도 아빠나 첫 남편과 비슷한 배우자를 만나 비슷한 고통을 호소하는 분들을 자주 만난다. 삶이 자꾸 반복되는 것이다.

프로이트가 반복 강박이라는 개념을 만든 건 딱 맞는 해석을 해도 자꾸 증상을 다시 일으키는 환자들에 대한 절망 때문이었다. 그는 우리 마음 깊은 곳에 고통을 강박적으로 반복하는 성향이 존재한다고 말했다. 그에게 이러한 강박은 한편으로는 증상이었지만, 한편으로는 반복 속에서 탈출구를 찾으려는 변화를 향한 희망이었다.

파도는 반복해서 치고, 해는 반복해서 뜬다. 우리는 반복해서 잠들고 깨어난다. 반복 속에서 무엇이 깊어지고 무엇이 풀려가는지 알지 못한 채.

반짝

~

초등학교에 입학한 둘째는 이제 학교 근처에서는 부끄럽다고 아빠 손도 잡지 않으려고 한다. 다 컸다는 거다. 하지만 가끔씩 집에서 놀다가 장난치는 아들을 바라보면 눈이 반짝반짝한다. 반짝반짝하는 눈을 새삼 더 들여다본다. 빛이 분명히 거기 어려서 어룽지며 일렁인다. '그럴 리 없지, 저 눈만 다른 물질일 리 없잖아' 하고 아무리 생각해도 반짝임이 사라지지 않는다. 아빠의 편협한 사랑은 저 눈에 매달려 반짝반짝한다. 아무리 봐도 반짝이는 건 내 마음이 아니라 저 눈이다. 사랑은 실재다.

어릴 때 아이 사진을 몇 년 만에 보았다. 여전히 예쁘지만, 낯설고 평범하다. 지금 내 아이 얼굴에서 어른거리는 빛이 없다. 이상하다. 이제야 그때 내 눈에 세상에서 가장 반짝이는 존재였던 아이가 타인의 눈에 어떻게 비쳤을지 비로소 알 것 같다. 다른 집 아이를 보듯, 그렇게 과거 속에서야 내 아이를 객관적으로 볼 수 있구나. 현재 내 마음을 적시는 사랑이 아이 얼굴에서 빛을 일으켰던 것이다. 환각이구나, 사랑은.

밤산

~

밤늦게 퇴근할 때면 길을 따라 운전하며 밤산을 본다. 아니, 본다는 표현은 정확하지 않다. 나는 산의 윤곽을 판별할 뿐 보이는 것이 없어서 시선은 어딘가로 흩어져 버린다. 어둠이 깊어 그냥 표면 같고 세상이 끊어진 곳 같다. 어릴 때부터 밤산을 보면 아득하고 두려웠다. 생이 아닌 것들이 모여있는 곳 같고 지상에 난 균열이나 틈 같았다. 이승에 너무도 자연스레 겹쳐있어 더 아득했다. 하지만 아침이면 그곳에서 풀과 나무와 구름이 솟아 나오니 생의 출처가 어쩌면 거기인가 한다.

메를로 퐁티는 "밤은 윤곽선이 없다. 밤은 그 자체로 나와 접촉하는 것이다"*라고 썼다. 그렇게 밤산은 내 몸속 어둠에 바로 맞닿는다. 우리가 평생 먹은 것이 지나가는 자신의 내장을 볼 수 있는 사람은 아무도 없다. 삶 전체가 담긴 두개골 속도 빛 한 점 없이 어두울 것이다. 우리 마음 가장 깊은 곳도 이렇게 밤산처럼 어두워 꿈에서도 다가갈 수 없다. 그렇게 아득한 어둠이 아무렇지도 않게 길 옆에, 눈앞에 있다.

---

* 전영백, 《세잔의 사과》, 한길사, 2021년.

배우기

쓸모없게 된 나무 시디장에 아내가 꽃을 심어보고 싶다고 하여 철물점에서 직경 삼십 밀리미터짜리 동그란 톱날을 샀다. 전동드릴에 장착하기 위해 스프링 달린 연결 비트도 함께 구입했다. 새로 배송 온 시디장에 기존 시디들을 다 옮겨 꽂고, 쉬는 토요일 아침 나무 시디장을 마당으로 옮겨 구멍을 뚫는다. 이게 과연 되려나 불안한데 막상 수직으로 힘주어 누르며 드릴을 작동시키니 금세 동그란 나무 조각이 톡 떨어지면서 예쁘게 구멍이 난다. 뿌듯하다.

올봄에는 집 뒤에 심은 대나무가 많이 자라서 가지들을 꺾어 쌓아놓았다. 잎사귀가 마르자 길이가 비슷한 놈들을 모았다. 작년에 죽어서 뽑아버린 대나무 줄기를 톱으로 썰어 적당한 길이로 준비하고 모은 가지들을 차곡차곡 둘렀다. 어떤 끈으로 묶어야 하나 고민하다가 잡동사니 서랍에서 케이블타이를 꺼내어 대보니 아슬아슬하게 짧다. 고민하다가 아내와 함께 철물점에 가서 긴 케이블 타이를 구해서 돌아와 다시 시도했다. 예상과 다르게 새로 산 케이블 타이도 짧아서 당황하던 중 '아, 케이블 타이 두 개를 연결해서 하나로 쓰면 되는 거구나!' 깨닫고 내 어리석음을 한탄했다. 요리조리 힘을 써서 간신히 대나무 가지들을 하나로 묶는 데 성공했다. 이미 오래 써서 거의 닳아버린 기존 대나무 빗자루를 가져다가 비교해 보니, 내가 만든 것은 정말 형편없이 엉성하다. 하지만 왠지 뿌듯하다.

단독주택을 지으면서 외벽에 나무판자를 길게 잘라 나란히 붙였는데, 덕분에 안온한 느낌이 든다. 문제는 6개월만 지나도 비바람에 오일이 벗겨지고 색이 바래서 매번 다시 오일을 칠해줘야 한다는 것. 요즘엔 마트나 백화점보다 설레는 장소가 된 집 근처 철물점에 가서 페인트 붓을 사오고 인터넷으로 오일을 주문한다. 볕 좋은 날을 골라 사다리를 타고 올라가서 오일을 칠한다. 사다리의 맨 위까지 올라가도 벽의 위쪽까지 칠하기엔 애매하게 낮아서, 고민하다가 집 뒤에서 굴러다니는 나무 막대기 하나를 톱으로 자르고 칼로 끝을 다듬어서 페인트 붓에 끼워넣으니 위태롭게 높이 올라가지 않아도 이제 붓이 닿는다. 집을 한 바퀴 돌며 오일을 칠하는 데는 꼬박 이틀이 걸리는데, 다 마무리하고 나면 어깨와 목이 빠질 듯 아프고 뻐근하지만, 뿌듯하다.

　정보나 지식, 관념이나 사유보다 손으로 사물을 다루는 요령을 배우는 게 점점 더 재밌다. 추상적 세계를 뇌로 이해하는 일보다 물리적 세계에 몸으로 참여하는 일이 점점 더 깊은 만족감을 준다.

벚꽃

　

벚꽃을 보러 아이들과 쌍계사에 다녀왔다. 남도 바닷가로 낙향한 이후 매년 꼬박꼬박 지키는 연례행사다. 오후에 학교 끝나고 학원까지 마친 아이들을 챙겨서 출발했다. 섬진강 옆에서 좀 걷다가 쌍계사 계곡으로 들어가니 천천히 사위가 어두워지고, 저녁 일곱 시가 되자 딱 하고 불이 켜졌다. 1931년에 마을 사람들이 심었다는 벚나무는 벌써 구십 살이 되셨고, 가지끼리 공중에서 서로 맞닿아 아득한 궁륭을 이룬다. 그 궁륭에 수천의 흰 꽃들이 만개하여 지상과 하늘 사이에서 출렁이면서 하나의 거대한 빛, 하나의 커다란 음(音)을 낸다.

가만히 서서 눈을 가득 채운 흰 꽃들을 바라보면 이상한 울렁임이 일어나는데, 마치 최고역에 다다른 칼라스의 목소리가 스러지지 않고 몇 분 동안 지속되는 것처럼(중학교 때 케니 지가 실황 연주에서 관객들 환호가 커질 때까지 일 분이고 이 분이고 음을 끊지 않았던 것처럼), 잦아들지 않고 가라앉지 않는 황홀이 낯설어서, 문득 이 세상 빛, 이 세상 시간이 아닌 듯 느껴지는 것이다.

아이들 성화로 버스커버스커의 〈벚꽃엔딩〉을 무한반복해서 들으며, 말도 안 되는 음정으로 따라 부르는 둘째 목소리가 칼라스보다 좋아 눈을 깜박깜박하면서, 천천히 어둠이 사물의 빛을 삼키는 이 세계로 되돌아왔다.

변화

～

　진료실 같은 자리에 앉아 수많은 사람을 만난다. 두 살배기 어린아이부터 아흔 살 노인까지, 한 명 한 명이 각자 나름의 사연과 고유한 고통을 품고 온다. 같은 사람은 아무도 없지만, 모두 공유하는 것은 '변화'를 원한다는 사실이다. 달라지고 싶고 나아지고 싶다는 욕망. 치료자와 바라보는 방향이 어긋날 수는 있지만 변화하고자 하는 욕구는 모두의 마음속에 있다.

　스무 살 무렵부터 항상 달라지고 싶고 성장하고 싶다는 욕망을 품어왔다. 그것은 한때는 '깨달음'에 대한 갈망이었고 어떤 때는 박학하고 지혜롭고 싶다는 속물적인 형태를

띠었다. 그래서 닥치는 대로 보고 읽고 걸었다. 하지만 어느새 지금 내가 보는 것보다 앞으로 봐야 할 것이, 지금 읽는 것보다 앞으로 읽어야 할 것이, 지금 서있는 여기보다 앞으로 갈 거기가 더 중요하게 느껴져, 마음이 현재도 미래도 아닌 어딘가에서 헤매곤 했다.

정신분석가 윌프레드 비온은 "발달은 우리가 욕망하는 대상이 아니다"라고 했다. 우리는 어떤 고통에서 벗어나고자, 구체적 목표를 성취하고자 욕망할 수 있다. 하지만 막연하게 발달하고 성장하고자 하는 욕망은 오히려 그 자체가 함정이 된다.

마이클 아이건은 "성장 그리고 변화 같은 용어는 박해적일 수 있다. 사람들은 얼마나 경험하느냐가 아니라, 얼마나 변화하느냐에 따라 자신을 판단한다. 변화가 경험을 박해하는 것이다"*라고 썼다. 이 글에서 그는 같은 그늘에 대해 말하고 있을 터이다.

우리는 세상을 마주하여 타인을 만나고 감정을 통과하며

★ 마이클 아이건, 이재훈 옮김, 《깊이와의 접촉》, 한국심리치료연구소, 2012.

살아간다. 경험 그 자체가 목표이다. 삶은 사는 것이지 쌓는

것이 아니다.

불멍

단독주택에 살면서 자주 불멍을 한다. 추운 겨울과 모기 많은 여름은 빼고, 시원하고 서늘한 봄가을에 마당에서 불을 피운다. 고기를 구워 먹어도 좋고 밥을 조금 일찍 먹고 나와 마시멜로를 녹이며 앉아있어도 좋다. 멍하게 장작을 하나씩 불 속에 집어넣는다. 불이 생겨나는 것을, 일렁이며 피어오르는 것을 본다. 파도가 밀려오지만 물은 그 자리에 있는 것처럼, 불은 솟아오르지만 역시 그 자리에 고요하게 타오를 뿐이다. 고개를 들면 하늘이 천천히 어두워진다. 어떤 때는 어둠이 위에서 아래로 내려오지만, 한 거대한 존재가 이불을 덮듯 동쪽에서부터 수평으로 흘러오는 때도 있다. 수천 개의 구멍에서 먹이 흘러나오듯, 혹은 누가 딸깍 스위치를 내린 듯 세상이 동시에 새까매지기도 한다. 불에 노란 감자를 넣어 구워 먹는다. 포슬한 향이 피어오르면 노을의 냄새 같다. 오후의 하늘, 저녁의 하늘, 밤의 하늘을 통과하며 불멍을 한다.

붕괴

~

퇴근해서 밥을 먹고 치운 뒤에 쉬다가 방에서 나올 때 깜빡하고 불을 끄지 않았다. 아이들도 그렇지만 무엇보다 내가 불도 안 끄고 본 책을 정리하지도 않는 일이 잦아서, '뒤돌아보기' 캠페인을 아내가 적극적으로 진행하고 있는 참이었다. 아내는 실망스럽다는 표정으로 "나 참. 또!" 하고 투덜거렸고, 난 순간 잠깐 마음이 울컥했다. 잘못했다는 것은 알지만 하루 종일 말이 나오지 않을 정도로 일하고 퇴근하자마자 핀잔을 들으니 예민한 마음에 묘한 반항심이 생긴 것이다. 아내는 얼핏 내 얼굴이 굳는 것을 보았는지 더 말을 잇지 않고 아이들을 챙기러 올라간다. 나도 아무렇지 않은 척 둘째

를 샤워시키고 닦으면서 가슴속 조금 뜨끈하고 아린 느낌을
지켜본다.

　아내가 한마디 못 할 이유는 없었다. 내가 잘한 것은 없는
데, 비난받는 것을 싫어하는 내 기질이 또 솟아올랐다 싶다.
미안하다고 말할 일이 아니기는 한데 내가 좀 과했나 싶기
도 하고, 그렇지만 남편을 조금만 더 느긋하게 봐주면 안 되
나 서운하기도 해서 복잡하다. 음악을 듣는데 평소와 달리
아내가 따라 내려와 옆에 앉는다. 마음이 조금 풀리면서 내
가 예민했다 싶다. 냉장고에 가서 아이스크림을 들고 와 달
콤하고 시원한 것을 나눠 먹는다. 같이 TV를 보며 수다를
떤다. 작은 붕괴가 회복되고 잔잔한 일상이 되돌아온다.

보다

~

사람들은 보고만 있으면 어떻게 하느냐고 말한다. 보는 것은 행동이 아닌 것처럼. 하지만 보는 일엔 품이 많이 든다. 불편해서 스쳐 지나는 것들, 두려워서 고개 돌리는 것들, 불쌍해서 못 본 척하고 싶은 것들을 보는 일은 강력한 행동이다.

가만히 본다는 것은 방관이 아니다. 좌절하고 절망하는 사람은 고개를 숙인다. 응시하지 않는다. 응시하는 것은, 담담하게 꾸준하게 고통을 바라보는 것은 그만큼의 힘과 결연함이, 대상에 대한 애정과 연민이 없으면 불가능하다. 강하기 때문에 외면하지 않을 수 있는 것이다. 세상의 고통뿐 아니라 내면의 불안 역시 마찬가지라서 마음챙김의 핵심 행동은 오로지 바라보는 것이다. 나는 진료실에서 마시던 커피 잔으로 설명한다. "여기 찻잔이 있지요. 물리적 세계에서는 이것을 옮기기 위해 이렇게 손에 힘을 써서 움직여야 해요. 하지만 마음의 감정은 세상 사물이 아니라서, 이렇게 가만히 바라보는 것만으로도 변화한답니다." 사진가 필립 퍼키스는 "좋아하지도, 증오하지도, 탐하지도 마라. 그저 바라만 보아라. 이것이 가장 힘든 일이다"*라고 말했다. 눈으로 보는 일과 마음으로 보는 일이 이렇게 만난다.

---

*   진동선, 《좋은 사진》, 북스코프, 2009. (재인용)

분별

~

시월 초가 되면 새벽에 메이저리그 마지막 경기들이 열린다. 올해는 아메리칸 리그 와일드카드가 각축 중이라 새벽 네 시에 일어나서 이 경기를 봐야 하나 고민했다. 이삼 년 전부터 축구든 야구든 새벽 경기는 웬만하면 안 보려고 해왔다. 출근하면 피곤하고 졸려서 후회할 것이 뻔하기 때문이다. 하지만 결국 비몽사몽 얕은 잠을 자며 여러 번 시계를 확인한 끝에 네 시 십 분에 일어나 경기를 보고 말았다. 그리고 진료실에서 눈을 꾹꾹 누르며 하루를 겨우 버텼다. 그럴 줄 알았다고 덜 힘든 것도 아니고 결국 원하는 팀이 탈락했으니 보람도 없다. 내가 어리석었던 걸까? 위니코트는

BBC 라디오 방송에서 이렇게 말한 적이 있다. "예를 들어 저는 왜 담배를 피울까요? 아이들에게 물어본다면 확신컨대 저를 비웃지는 않을 것입니다. 항상 분별 있게 산다는 게 얼마나 어리석은 일인지 아이들은 잘 알고 있기 때문입니다."* 분별 있게 사는 것에도 분별이 필요하다. 예를 들어 사랑은 그 모든 순간에 얼마나 어리석은가?

★   도널드 위니코트, 김건종 옮김, 《충분히 좋은 엄마》, 펜연필독약, 2022.

비눗방울

~

나이가 들수록 사람이 태어나고 죽는 일을 더 많이 만난다. 누군가 세상에 도착하고 누군가 세상을 떠났는데 아무일 없이 흘러가는 세상을 보면 이상한 기분이 든다. 아이들이 공터에서 비눗방울을 불어 올린다. 예쁘게 반짝이며 생겨난 그것은 공간을 잠시 떠돌다 톡 하고 사라져 버린다. 손바닥에 내려앉은 비눗방울을 숨 참고 가만히 들여다보면 무지갯빛이 일렁이는데 나와 세상이 거기 다 비친다.

우리 한 명 한 명은 다 비눗방울 같은 존재가 아닌가 싶다. 유일무이한 방식으로 세계 전체를 담은 크고 작은 비눗방울. 사람을 만나고 새로운 삶을 접하면 나라는 비눗방울

속에 또 한 겹의 비눗방울이 들어와 일렁일렁 세상이 조금은 다르게 비친다. '손대면 톡' 하고 금방이라도 터질 것만 같지만, 바닥으로 내려앉든 바람 타고 잠깐 하늘로 떠오르든 금세 사라지겠지만, 그렇게 '모든 사람은 다른 모든 사람에게 담겨지고, 그러한 끝없는 존재의 복잡함 속에서 이 세상의 끝까지 목격*되는 것인가 보다.

★ 코맥 매카시, 김시현 옮김,《핏빛 자오선》, 민음사, 2021.

빈방

～

　빈방에 들어가 보면 참 좁아서 여기 발 뻗고 누울 수 있을
까 싶은데, 막상 도배하고 바닥 깔고 침대와 책상을 놓으면
하루 종일 뒹굴뒹굴할 수 있는 아늑한 공간이 된다. 껍질이
두꺼운 오렌지를 손가락 끈적하게 까다 보면 알맹이는 조그
매져서 이거 한입이면 꿀꺽하지 싶은데, 한 조각 한 조각 떼
어 입에 넣으니 달고 시고 진하고 향긋한 게 입안 가득, 즐거
움이 한참을 머문다. 나지막한 뒷산에 걸어 들어가면 금방
꼭대기가 나올 것 같은데, 수천 그루의 나무와 깊은 그늘 사
이로 길은 끝없이 이어지고 능선 밑에서 한참을 돌아도 정
상에 닿지 않는다. 아이가 잠 안 자고 뒤척이고 있길래 침대

에 앉아 무심하게 빨리 자라고 채근했더니, 어두운 방에서 이불 덮고 누워 홀로됨과 외로움에 대해서, 뒤돌아보는 일들에 대해서 한참을 말한다. 항상 세계는 더 넓고 깊고 풍성하다. 이를 잊지 않아야 한다.

빨래

박수근 화백은 빨래 개는 것을 좋아했다고 한다. 마루에 앉아 볕에 잘 마른 수건을 그 커다란 손으로 팽팽하게 펴서 착착 개어놓는 모습을 상상하며, 까슬한 수건의 촉감과 박수근 그림의 흙 같은 질감을 연결시켜 보기도 했다.

꼭 화백 때문이 아니더라도 빨래를 개는 일은 상당히 괜찮은 취미다. 손을 쓰며 잠시 복잡한 생각을 내려놓을 수 있다. 포근한 모직과 보드란 면과 매끈한 비단과 찰랑한 극세사를 손바닥으로 느껴본다. 각기 다른 촉감이 무지개처럼 손바닥에 뜬다. 빨래를 갤 때는 바지, 셔츠, 팬티, 양말 각각에 맞추어 다른 기술이 필요한데, 해볼수록 요령이 늘어 적당한 루틴과 변화, 원칙과 응용, 집중과 해찰의 비율이 완성된다.

아내와 두 아이의 옷을 만지며 각자의 생활에 대해 생각해 보는 기회도 갖는다. 하루 종일 주인의 온몸을 감쌌던 옷가지들에는 왠지 그 삶의 흔적이 묻어있는 것 같다. 그래서인지 깨끗하게 빤 옷을 정갈하게 개어놓는 일은 작은 보살핌처럼 느껴진다.

미처 몰랐던 가족의 삶에 대해서도 배운다. 큰아들이 벌써 자라서 이렇게 커다란 옷을 입는구나! 둘째 바지마다 무릎이 닳은 것을 보니 참 열심히 노는구나. 아내의 이 청바지는 연애할 때 보았던 것 같은데….

빨래 개는 일이 결정적으로 마음에 드는 이유는 잘하고 못하고의 차이가 크게 없고, 창의성을 발휘할 필요도 없기 때문에 아내에게 혼날 가능성이 가장 적다는 것이다! 그리하여 나는 기꺼이 이상한 설렘과 안도감을 함께 느끼며 빨래 앞에 앉는다.

사과

사과를 좋아한다. 빨간 사과를 물에 씻어 접시에 담고 식탁에 앉는다. 껍질과 과육 사이 틈에 칼을 밀어 넣어 조금씩 깎는다. 조용히 속삭이는 것 같은 사각사각 소리를 가만히 듣는다. 금세 싱그러운 향이 퍼지고 물기 가득한 과육이 하얗게 드러난다. 동그랗게 잘려 나온 껍질을 구석에 두고 사과를 반으로 탁 자른다. 씨방 주변을 도려내고 하얀 살만 남겨놓는다. 촉촉하게 빛나는 단아한 사물이다. 쪼개도 잘라도 물성이 사라지지 않는 순수한 질료다. 잠시 집중하여 입에 넣고 아삭아삭 씹는다. 달콤하고 향긋하다. 잠시 몸 안에 꽃이 핀 것처럼 향이 맴돈다.

산타클로스

아이들은 어느 순간 자연스럽게 산타클로스가 없다는 사실을 깨닫는다. 대부분의 부모는 아이에게 이 비밀을 이야기해 주어야 하는 순간을 본능적으로 파악한다. 너무 이르면 안 된다. 아이가 아직 준비가 되어있지 않은 상태에서 지나치게 빨리 현실을 직면하는 것은 상처가 될 수 있다. 겉으로야 '아 그렇구나, 산타클로스가 아니라 엄마가 선물해 주신 거구나' 하겠지만, 무의식에서는 내가 받은 사랑이 거짓이었다는 생각, 혹은 내가 특별하지 않다는 느낌이 올라올 수 있다.

너무 늦는 것도 좋지 않다. 엄마, 아빠가 아니라 친구들을 통해서, 혹은 티비를 통해서 어느 날 사실을 알게 된다면, 스스로 곰곰이 여러 기억을 끼워 맞춰보다가 '아하! 그런 거구나!' 하고 깨닫는다면, 아이는 부모에게 배신당했거나 무시당했다고 느낄 수 있다.

그러므로 현실과 상실을 받아들일 준비가 어느 정도 되어있을 그때, 깨달음에 도달하기까지 반걸음 정도 남아 '손대면 톡 하고' 터질 것 같은 그때 아이를 살짝 밀어주는 것이 좋다. 그러면 아이는 큰 충격이나 배신감 없이 현실로 한 걸음 들어설 수 있다. 대부분의 부모는 그 타이밍을 배우지 않아도 잘 알고 있다.

진료실에 앉아서 항상 부모의 이 감각을 생각하려고 노력한다. 치료자가 마음이 급해서, 혹은 스스로 똑똑하다는 것을 보여주기 위해서 너무 이르게 시도하는 해석은 대개 저항을 불러일으키거나 내담자의 마음에 상처를 남긴다. 내담자가 치료자의 말을 거부하지 못해 억지로 삼켰다가 탈이 나기도 한다.

스스로 깨달음을 향해 나아가도록 이끌고, 반걸음 남은 그 순간 살짝 밀어주는 일, 그래서 스스로 이해에 도달한 성취감을 빼앗지 않고, 지나치게 이른 충격으로 상처받지 않게 보호하는 일, 치료자의 일은 부모의 일과 많이 닮았다.

상처

~

상처를 들여다보는 짐승은 인간밖에 없다. 동물들은 상처를 핥거나, 끙끙 앓거나, 그냥 산다(혹은 죽는다). 이겨낼 때도 고꾸라질 때도 우아한 무심으로 상처를 받아들인다. 인간은 가만히 앉아 벌어진 곳을 들여다보고, 헤집고, 보지 않으려는 듯 손으로 꾹 누른다. 마음으로 그 주변을 맴돌며 걱정하고 불안해한다. 유약하고 비루하다. 하지만 상처를 이해하고 치유하는 짐승은 인간뿐이다. 그렇게 들여다볼 수 있기 때문이다.

생각

마음속에 떠오르는 말과 문장들을 우리는 생각이라고 부른다. 우리는 생각을 하지만 생각이 우리에게 들기도 해서, 하는 생각과 드는 생각이 뒤엉켜 마음을 휘젓는다. 정신분석가 앤 알바레즈의 말대로 생각들은 그 자체로 '존재'처럼 행동하기에 우리가 생각을 추적할 때도 있고, 생각이 우리를 괴롭히기도 하고, 허락 없이 한데 모이기도 하고, 끈질기게 우리 곁을 따라다니기도 한다. 읽고 들은 남의 생각과 노력하여 쥐어짜낸 내 생각과 꿈에서 피어난 내 것도 네 것도 아닌 생각이 모두 모여 '나'를 이룬다. 생각에는 감정이 배어있고 기억이 스며있으며 감각과 맞닿아있어 그 경계가 희미하고 모호하다. 마치 빛이 입자인 동시에 파동인 것처럼 생각은 정신적 작용인 동시에 몸의 활동이다. 인공지능을 개발하는 학자들은 스스로 사고하고 판단하는 지능을 위해서는 몸이 있어야 한다는 결론에 도달했다. 몸에서 피어오르는 감각과 몸과 마음이 만나는 어느 언저리에서 일렁이는 감정들이 없이는 생각이 만들어질 수 없는 것이다. 그러니 '좋은' 생각만 한다는 게 얼마나 황당한 '생각'인가. 존재가 바뀌어야 생각도 바뀐다.

세븐스코드

~

　둘째 입학식이 마침 쉬는 날에 있어 손잡고 초등학교까지 걸어갔다. 잔뜩 긴장한 표정으로 계단을 올라가 아래 운동장에 서있는 아빠를 한 번 돌아보고 학교 건물로 들어서는 아들을 보며, 아이가 내 품에서 다시 한 걸음 멀어진 것 같은 묘한 상실감을 느낀다. 그리고 사십 년 전 초등학교 일학년 때 교실에 앉아서 친구와 장난치고, 복도에서 청소하고, 선생님이 나를 봐주기를 애타게 바라며 손을 높이 들던 기억을 오랜만에 떠올린다. 다시 서늘한 상실감이 올라와서 비슷하지만 다른 두 상실감이 서로 섞였다.

　집에 와서 이사 후 처음으로 다락을 치웠는데 삼십 년 전

아버지가 쓰시던 가방을 쓰다듬어 보고, 이십 년 전 듣던 시디를 꺼내어 알맹이가 깨끗한지 점검하고, 십오 년 전 찍은 필름과 사진을 오랜만에 펼쳐보고, 십 년 전 읽던 책들을 구석에 쌓았다. 그리고 이십 년 동안 반복해서 들어온 칼 리히터가 지휘하는 바흐 칸타타를 듣는다. 한나절 동안 수십 년이 되돌아와서 마음이 두툼하고 묵직하다. 시간은 흐르지만 한 번씩 이렇게 여러 겹으로 겹쳐 복잡한 세븐스코드 같은 울림을 낸다. 미묘한 불협화음이라 멈출지 지속될지 알 수 없는 이상한 순간.

순수

'순수하다'는 말과 '순진하다'는 말을 우리는 흔히 섞어 쓴다. 순진함은 미숙하거나 무식한 것에 가깝다. 아직 잘 몰라서 그렇게 행동하는 것이다. 순수는 우리에게 일어나는 감정을 있는 그대로 겪어내는 경지다.

어떤 사람은 자신이 감당할 수 있는 감정의 온도와 총량을 미리 결정해 두고, 역치를 넘지 않도록 조절한다. 사회적 상황과 관계의 거리에 따라 적당한 정도의 감정을 덜어내어 사용하고, 그 선을 넘을 일이 생기기 전에 후퇴하고 방어한다. 안전하고 깔끔하다. 적절하고 무난하다.

어떤 사람들은 세상에 온몸으로 부딪힌다. 사건이 일으

키는 그 놀라운 기쁨과 끔찍한 고통을 피하지 않고 정면으로 겪어낸다. 돌이킬 수 없는 일이 돌이킬 수 없도록 허락한다. 이는 능력일까, 무능일까? 나는 구분할 수 없다.

줄리언 반스는 이렇게 말했다. "사랑을 더 하고 더 괴로워하겠는가, 아니면 사랑을 덜 하고 덜 괴로워하겠는가? 그게 단 하나의 진짜 질문이다."* 우리 모두는 삶으로 이 질문에 답한다. 어떤 삶이 더 나을까? 나는 구분할 수 없다.

---

* 줄리언 반스, 정영목 옮김, 《연애의 기억》, 다산책방, 2018.

속도

~

생활이 바빠지면서 가장 읽기 힘든 장르가 소설이다. 전
공 책은 빠르게 훑으며 정보만 얻으면 된다. 과학이나 인문
책은 내가 원하는 이해의 깊이에 따라 문장을 읽는 속도를
조절하고, 필요한 부분에 선택적으로 집중할 수 있다. 하지
만 소설은 작가가 구축한 세계 속에서 작가가 설정한 속도
에 따라서 문장이 흘러가기에 속도는 내가 정하는 것이 아
니라 작가가 정하는 것이다. 그래서 긴 소설이 있고 짧은 소
설이 있듯, 빠른 소설이 있고 느린 소설도 있다. 집요하고
촘촘한 헤르만 브로흐와 경공법을 시전하듯 달려가는 김용
소설의 속도가 다를 수밖에 없으며, 연상의 흐름을 물 흐르

듯 따라가는 프루스트를 읽을 때보다 문장 하나하나에서 사건의 비밀과 단서가 치밀하게 배치된 르 카레의 소설을 읽을 때 속도는 더 느릴 수밖에 없다. 작가가 설정한 속도를 무시하고 급한 마음에 내 속도로 문장을 훑다 보면, 영화를 빠른 속도로 돌려보거나 중요한 장면만 발췌해서 보는 것처럼 소설의 세계는 희미하게 흩어져 버린다. 난해한 정신분석학 책을 읽는 것보다 소설을 읽는 것이 더 오래 걸리는 이유다.

속물

나는 속물이다. 멋진 사람으로 보이고 싶다. 안 읽은 책이 많지만 어떨 때는 두루뭉술하게 아는 척 넘어간다. 기분 좋게 산책하고 와서는 뭔가 더 심오한 단어를 써서 SNS에 올릴 궁리를 한다. 경험 자체보다 경험을 잘 포장해서 번지르르하게 표현하는 것에 더 마음을 쓸 때가 많다. 참 뻔하고 촌스럽다.

하지만 가끔 속물은 속물만의 깊이에 도달하기도 한다. 화가 벨라스케스는 평생 돈과 지위에 대한 욕망을 좇았다. 왕과 귀족들이 원하는 그림을 그리느라 자신이 원하는 그림에 몰두할 시간이 없다고 하소연하면서도 가진 걸 떨치고 떠나지는 못했다. 그 덕분에 우리는 펠리페 4세의 장대한 초상화와 함께 쓸쓸하면서도 당당한 시선을 보여주는 난쟁이 디에고(엘 프리모)의 그림을 가지게 되었다. 이 그림에서 벨라스케스는 성취와 권력을 갈망해 보지 않은 사람은 느낄 수 없는 쓸쓸한 비애와 자기 연민의 찰나를 신랄하게 보여준다.

소설가 프루스트는 사교계 밖으론 감히 나갈 생각도 하지 못한, 자신의 계급에 충실한 전형적인 속물이었다. 그는 유약하고 소심하고 비겁했다. 사람들 눈치를 보며 예의 바르게 행동했고 속으로만 투덜대며 비위를 맞췄다. 하지만 세상 무익한 사교 생활에 생을 낭비했기에 프루스트는 관계 속에서 한 인간이 어떻게 규정되는지, 사랑이 사람들 속에서 어떻게 모방되며 질투와 시기 속에서 어떻게 피어나고 시드는지 그 누구보다 깊이 들여다볼 수 있었다. 타인의 욕망에 접속하는 데 능숙한 속물이라서 가능한 일이었다.

속이다

～

아내와 차를 몰고 시외로 가다가 낯선 동네가 눈에 띄어 저기가 어딘지 물어보았다. 아내는 "석창 가는 길이야" 하는데, 들어본 것도 같고 아닌 것 같기도 해서 '아하' 하고 애매하게 건성으로 대답했다. 원래 산만한지라 이미 머릿속에서 다른 생각을 하고 있었던 것 같다. 기껏 대답해줬더니 성의없이 반응하는 남편이 문득 미웠던지 아내는 퉁명스러운 목소리로 "모르잖아!" 한다. "응?", "석창이 어딘지 모르잖아? 근데 왜 아는 척하는데?", "아니, 알거든!" 하고 억하심정에 일단 대답하고 생각해 보니 아는 것 같다. 아는데 모른다고 하니 억울하다. 그래서 "아니까 안다고 하지!"라고 덧붙였다. 말하고 생각하니, 아는 것 같다. 그런데 잠시 어색한 침묵 속에서 숨 몇 번 내쉬자 천천히 마음의 먼지가 가라앉고, 사실 모른다는 게 보인다. 모르는데 안다고 한 것이다. 그렇게 문득 내가 나를 속인다.

이게 드문 일일까? 억울해서, 두려워서, 서운해서, 불편해서, 다양한 이유로 우리는 자신을 속인다. 안다고 하고, 모른다고 하고, 기억이 난다고 하고, 기억이 안 난다고 한다. 너를 위해서라고 하고, 너 때문이라고 한다. 그리고 자신의 말을 믿어버린다. 하지만 정말 자신에게 솔직한 것이 가능할까? '거짓말을 너무 많이 해서, 자신의 기억을 속이고 스스로 한 거짓말을 믿는 죄인처럼'* 우리는 속이다가 자신을 잃어버리는 것과 솔직하다가 자신을 무너뜨리는 것 사이에서 위태롭게 균형을 잡는다.

---

* 윌리엄 셰익스피어, 김종환 옮김, 《폭풍우》, 태일사, 2019.

숏페이크

큰아들이 농구에 재미를 붙여서 집 주차장에서 자주 함께 농구를 하며 논다. 오늘 아침엔 숏페이크를 가르쳐 달라길래 "정말 숏하는 기분으로 숏을 한다고 생각하고 해야지, 하는 척만 하면 상대가 속지 않아. 숏을 시작하다가 순간 멈추고 드리블을 시작하는 거야. 눈은 정말 숏 쏠 때처럼 골대를 봐야 해" 하며 한참 자세히 가르쳐주었다. 그런데 이삼십 분을 연습해도 자연스럽지 않고, 잘하던 드리블의 리듬까지 깨져서 아이가 어쩔 줄 몰라 한다.

답답한 마음에 유튜브를 찾아보니 전 프로농구선수가 아마추어 학생에게 숏페이크를 가르치는데 그냥 "공을 배꼽에서 이마로 가져갔다가 배꼽으로 내려라"라고 하고 끝낸다. 두세 번 연습시키니 학생은 금방 따라 하고 아주 쉽게 드리블과 연결된다. 아이도 그걸 보더니 금방 요령을 찾아서 내가 한참 주저리주저리 설명할 때보다 훨씬 수월하게 배운다. 복잡한 말에 빠져서 몸의 움직임조차 자꾸 마음과 연결시키는 이 악습. 단순한 것을 단순하게 보지 못하는 어리석음이라니.

슬픔

큰아들은 네 살 때 돌봐주시던 이모님과 헤어지면서 처음
으로 "슬퍼"라는 말을 했다. 그 후 며칠 동안 케이크를 먹지
못해서 슬프고, 불가사리를 잃어버려서 슬프고, 손가락을
접으면 숫자가 줄어들어서 슬펐다.

슬픔은 근본적으로 상실에 대한 감정이고 상실을 피하는
건 불가능하기에, 슬픔은 가장 필연적인 감정에 속한다. 기
쁘면 좋지만 기쁜 일이 없을 수도 있고, 운이 좋으면 불안 없
이 생을 건널 수도 있으나, 슬픔은 우리가 피해 돌아갈 수 있
는 것이 아니다. 그리스 비극과 수많은 현대의 비극들을 보
라. 이래도 슬퍼하지 않을래, 하며 밀어붙이는 고통스러운

상실의 이야기 속에서 우리는 이상한 위로를 얻는다.

슬픔은 특별하다. 대부분의 감정이 상황에 대한 반응에 불과한 데 비해서 슬픔에는 이를 넘어 상태 자체를 변형시키는 힘이 있다. 애도 작업은 충분히 슬픔 속에 머문 후에야 비로소 시작되며, 떠나버린 존재 혹은 잃어버린 대상이 만든 구멍이 아물면서 우리는 천천히 새로운 대상을 받아들일 수 있는 힘을 회복한다.

그래서 슬픔은 괴롭지만 그 속에 역설적인 충만함이 배어 있다. 반대로 슬픔을 밀어내고 슬픔으로부터 도망친다면 상실은 처리되지 않고 우리는 점점 구멍 숭숭 난 스펀지처럼 허약해질 것이다. 피쿼드 호의 작살잡이 퀴퀘크는 "내면에 슬픔보다 기쁨을 더 많이 가진 인간은 진실할 수 없다. 진실하지 않거나 아직 인간이 다 되지 않았거나 둘 중 하나다"*라고 말했다.

---

* 허먼 멜빌, 김석희 옮김,《모비딕》, 작가정신, 2010.

시간

~

　시간에 익숙해지는 것이 가능할까? 일요일 저녁이 되니 다시 다가올 한 주가 조금씩 무겁다. 하루하루 지나면 다시 주말이 되고 좀 쉴 수 있을 터인데, 그렇게 쉬고 나도 다시 한 주가 시작이니 무언가를 기대해야 하는 건지, 포기해야 하는 건지, 미리 실망해야 하는 건지, 항상 설레도 되는 건지 잘 모르겠다. 토요일 오후의 편안하고 느긋한 시간을 묶어 두고 싶지만 그 순간은 쏜살같이 날아가 버려서, 이 쾌속한 상실이 기쁨의 원인인지 결과인지 구분하기 어렵다.

　윌리엄 블레이크는 "기쁨을 자기에게 묶어두려 하는 자는 날개 달린 삶을 파괴하지만, 날아가는 기쁨에 입 맞추는 자

는 영원한 일출 속에서 살아간다"라고 썼다. '영원한 일출'이
라⋯. 해가 대지와 하늘 사이에 멈춰있다는 뜻일까, 아니면
해가 떠올랐다가 다시 화면이 되감기 되듯 몇 분 전으로 돌
아와 또 떠오른다는 뜻일까? 둘 다 블레이크가 말하는 의미
를 담고 있지 못하니 여기서도 '영원'이라는 단어가 오류라
는 것을 알겠다. 영원도 없고 순간도 없이 우리는 그렇게 일
상 속에서 세월을 산다. 빠른지 느린지, 멈춰있는지 영원인
지 알 수 없는 채로.

실패

성공이라는 단어를 이렇게 좋아하는 시대가 있을까? 실패를 이렇게 수치스러워하는 시대가 있을까? 하지만 우리는 시오랑의 말대로 태어나지 않는 데 실패했고, 종국에는 살아남는 데 실패한다. 결심은 무뎌지고, 각오는 희미해지고, 체력은 떨어지고, 사람들은 떠난다. 실패는 우리의 운명이다.

셰익스피어의 《햄릿》은 왜 400년이 지난 지금까지도 이렇게 사랑받을까? 어쩌면 햄릿이 끊임없이 실패하기 때문일 테다. 햄릿은 미치지 못하고, 사랑하지 못하고, 복수하지 못한다. 고뇌하고 번민하고 노력하지만, 말과 행동의 화살은 번번이 과녁을 벗어나며 결국 모두가 죽는다. 햄릿의 실패는 삶의 본질에 도달하지 못하고 세상을 떠나는 우리 모두의 실패이다. 프랜시스 치체스터는 이렇게 말했다. "시도가 실패한다고 해도 무슨 상관인가? 모든 인생은 결국에는 실패한다. 우리가 할 일은 시도하는 과정에서 즐기는 것이다."* 햄릿의 마지막 말처럼 '나머지는 침묵'일 테니, 살아있는 한 불협화음일지언정 시끄럽게 소리를 내야 한다.

* 데이비드 실즈, 김명남 옮김, 《우리는 언젠가 죽는다》, 문학동네, 2010.

4장.

알아 봄

아빠

저녁 먹고 둘째와 잠깐 캐치볼을 하고 들어왔다. 아이 샤워를 도와주고 내려와서 방에서 음악을 들으며 원고를 만진다. 아이가 피아노 치며 노래하는 소리가 들린다. 큰아들은 아까부터 제 방문을 닫고 앉아서 기타 유튜브를 보며 코드를 더듬거리고 있다. 그런데 문득, 눈 오는 어느 날 '금방 들어가자고 하면 어떻게 하지' 하고 걱정하며 아빠와 마당에서 오래 공을 주고받다가, 손이 너무 시려워 글러브를 내팽개치고 안방에 뛰어들어와 아랫목 이불 밑에 곱은 손을 넣어 녹이던 기억이 떠올랐다. 둘째와 같은 나이였던 여덟 살 때 일이다.

아빠는 그 시절 뭘 하셨을까? 돌이켜보면 아빠는 항상 같은 시간에 퇴근하셨다. 친구들과 놀거나 술을 마시는 일도 거의 없었다. 프로야구가 있는 날에는 같이 소니 라디오 앞에 앉아 "쳤습니다!"라는 목소리에 귀를 기울이곤 했지만, 그 외엔 자식들과 같이 놀지도 않았다. 내가 TV를 보고 숙제를 하고 누나나 동생과 노닥거리고 있을 때, 아빠는 어디서 뭘 하고 계셨을까? 그 아빠가 지금 나보다 어렸다는 생각이 들면 참 아득하다. 그 어린 남자가 서재 책상 앞에 앉아 있던 모습을 떠올려본다.

악보

~

삶에 대한 기억이 출몰하기 시작하는 예닐곱 살 이전에 나는 이미 글을 읽을 수 있었고, 매일 상당히 많은 양의 문장을 읽어냈다. 방구석에 쌓여있던 그림책에서 시작해서 일학년 무렵부터는 그림이 없고 제법 두꺼운 아동창작소설들을 보았다. 사학년 때 아버지가 보시던 칠백 쪽이 넘는《가시나무새》라는 소설에서 주인공이 신혼 첫날을 치르는 장면을 어떻게 찾아냈는지 지금 돌이켜보면 신기하다. 어머니가 시장에 가실 때마다 그 장면을 펼쳐서 읽고 또 읽었다. 문장들이 데려가는 낯선 생활과 신기한 모험의 세계가 좋았지만, 그만큼 좋았던 건 거실이나 주방에서 한 번씩 들리는 '저렇게 책을 많이 보더라'라거나 '집중하면 밥 먹으라는 소리도 못 듣더라'라는 어머니의 은근한 칭찬과 자랑의 이야기였다. 책을 읽는 일은 동네를 걷거나 과자를 씹는 것처럼 자연스러워서, 나이 먹은 지금도 여전히 일할 때도 놀 때도 무언가를 읽고, 읽을 게 없을 때는 심지어 과자 봉지에 열거된 식품첨가물 목록이라도 읽는다.

피아노 학원에 다닌 건 일곱 살 무렵부터였는데, 나름 성실하게 학교 끝나면 매일 한 시간씩 피아노 앞에 앉아있었다. 소나티네 한 곡을 몇 주 동안 수백 번 연습해서 시에서 주최하는 콩쿠르에서 금상을 탄 적도 있다(삼십오 년이 지난 지금도 그 곡은 손가락이 외우고 있다). 피아노 학원 가는 길에 있는 태권도 학원에서 토요일마다 모여 간식을 먹으며 로보트 만화를 본다는 것을 알고 삼 년 만에 피아노를 그만두기까지 매일 한 시간은 악보를 읽었던 셈이다. 하지만 그때도 지금도 오선지 위에 그려진 계이름을 한 번에 읽을 수가 없다. 오선지 밖으로 나가는 위아래 옥타브까지 해도 알파벳 스물일곱 자보다 적은 스물네 자리 정도만 외우면 되는 아주 간단한 일인데, 그 자리를 한 번에 읽지 못해 매번 손가락

끝으로 도레미파솔라시도 세어 올라가거나 내려가야 한다. 그러니 간단한 곡조차 초견으로 연주하는 건 애당초 불가능하다.

큰아들은 글 읽는 것을 싫어하는데 웬만한 악보는 초견으로 쉽게 친다. 며칠 전 우연히 제 동생에게 이야기하는 것을 듣고 깜짝 놀랐던 것은, 악보에서 음표를 볼 때 '도레미파솔라시도' 계이름으로 읽지 않고 바로 피아노의 건반 위치로 인식한다는 것이다. 아, 악보를 '읽는' 것은 문장을 읽는 것과 아예 다른 방식일 수 있구나. 그제야 수십 년 만에 깨달았다. 물론 이제 와서 다른 방식으로 악보를 보는 것은 불가능하고 여전히 나는 악보를 '읽으려고' 헛되이 노력하지만 소용이 없다. 똑똑하다는 소리를 들으면서 살아왔는데, 초등학교 교과서가 악보로 되어 있었다면 아마 난독증 진단을 받고 지진아 소리를 들었을 것이다. 세상을 읽는 방식은 수없이 많고, 나는 그저 운이 좋았다.

안다

정신분석가 도널드 위니코트는 세상에 태어난 아기가 자신만의 고유한 자아를 성장시키기 위해서는 '안아주는 환경'이 꼭 필요하다고 말했다. 그에게 '안아주기(holding)'는 물론 상징적인 표현이었지만, 동시에 말 그대로 엄마가 아기를 꼭 안으며 사랑한다 말하고, 품에 안고 어르며 울음을 그치게 하고, 가슴 가까이 품어 젖이나 분유를 먹이는 구체적인 행동을 의미하기도 했다. 안는 행동을 통해서 엄마는 아기를 먹이고 재우고 보호하고 사랑을 표현하는 것이다. 이렇게 자란 아이는 타인을 안을 수 있는 사람이 된다. 연인을 안고 다시 아이를 안아준다.

사실 안고 안기는 것은 그리 쉬운 일이 아니다. 안기기 위해서는 몸의 긴장을 풀고 피부와 피부가 닿는 감촉을 즐길 수 있어야 한다. 타인이 나를 공격하지 않으리라는 믿음과 타인에게 나를 맡겨도 위험하지 않다는 확신이 필요한데, 이 역시 충분히 안겨본 경험에서 생긴다.

잘 안아주기 위해서는 미묘한 균형이 필요하다. 조심하다 보면 너무 멀어지고, 긴장하면 몸이 자연스럽게 맞닿아 포개어지지 않는다. 지나치게 끌어안으면 옥죄이고 아프다. 성적이거나 공격적 충동이 침입하면 뾰족하고 날카로워져서 불안하고 위험해진다. 상대의 미묘한 반응에 나를 맞추며 안음으로써 안기는, 미묘한 균형에 도달해야 하는 것이다. 사람들은 이 어려운 일을 저도 모르게 쉽게 해내곤 하지만, 쉽지 않은 사람들이 여전히 진료실을 찾는다.

약함

～

우리는 강해지고자 한다. 푸시업을 하고 역기를 들고 운동장을 달린다. 몸에 좋다는 것을 찾아 먹고 약을 받아 매일 시간을 지켜 삼킨다. 자기계발서를 탐독하고 좋다는 심리서도 뒤져서 읽는다. 건강을 지키고 중용을 유지하며 편안하고 행복하려고 노력한다.

제프 다이어는 재즈 색소포니스트 아트 페퍼를 찬미하면서 "약함은 그의 연주에서 강함의 원천이 되어주었다"*라고 쓴다. 아트 페퍼는 삶의 대부분을 마약에 탕진하고 천재적

---

* 제프 다이어, 한유주 옮김, 《그러나 아름다운》, 사흘, 2014.

인 재능을 추락에 쏟아부었다. 그의 의지박약은 한편으로는 순수였고 과민함은 놀라운 음색을 만드는 능력의 일부였다. 악기를 빌리거나 리드가 깨지는 등 어떤 상황이 닥치든 자신만의 유일무이한 음색을 낼 수 있었던 아트 페퍼는 마지막까지 쓸쓸하면서도 따듯한 톤으로 삶을 노래했다. 그것이 사랑이든, 슬픔이든, 고양이든, 추락이든 간에 말이다.

그러고 보면 아름다운 음색을 들려준 음악가들은 하나같이 유약했다. 글렌 굴드의 피아노, 쳇 베이커의 트럼펫, 앨리엇 스미스의 목소리. 돌이킬 수 없는 추락으로 강한 사람이 설 수 없는 자리에, 도달할 수 없는 경지에 이른 사람들. 그 자리를 탐했던 적이 있으나 그렇게 약할 만큼 강하지 못했다.

양안

뇌과학자 라마찬드란은 좌뇌와 우뇌의 차이에 대한 유명한 실험을 통해 좌뇌는 오른쪽 눈으로 본 것을 쪼개어 이해하고 합리화하는 데 반해 우뇌는 왼쪽 눈으로 본 것을 합쳐서 파악하고 통합한다는 것을 알아냈다. 오른쪽 눈과 왼쪽 눈이 같은 상황을 서로 다른 방식으로 보는 것이다. 셰익스피어의 희곡 《햄릿》에서 국왕 클로디어스는 형이 죽은(형을 죽인) 후 형수이자 햄릿의 어머니인 거트루드와 결혼하면서 "이는 마치 슬픔에 사무친 가슴에 기쁨을 품고, 한 눈에는 환희, 또 한 눈에는 눈물을 머금고, 장례식에는 축가, 결혼식에서는 장송가를 부르듯, 슬픔과 기쁨을 똑같이 저울질하는 것 같다"고 말한다.

정신분석가 윌프레드 비온은 정신분석가의 중요한 덕목으로 '양안적 시각(biocular vision)'을 제안했다. 마치 클로디어스처럼 두 눈으로 반대의 것을 동시에 봐야 한다는 것이다. 한 눈으로는 환자를 최대한 깊이 이해하려고 노력하면서 다른 한 눈으로는 한 사람을 완전히 이해하는 것은 불가능하다는 것을 받아들여야 한다. 한 눈으로는 변화를 추구하면서 다른 한 눈으로는 영원히 바뀌지 않는 부분이 있다는 것을 인정해야 한다. 한 눈으로는 우리가 내일 죽을 수 있다는 것을 수용하면서 다른 한 눈으로는 오 년이고 십 년이고 살 것처럼 계획을 세워야 한다. 그렇게 얼굴에 나란히 자리한 두 눈으로 우리는 정반대의 세계를 보며, 그 모순의 관계 속에서 삶의 균형이 지탱된다.

언어

　

하루 종일 하는 일이라곤 듣고 말하고 읽고 쓰는 일뿐이다. 먹고살려니 할 수 없기는 한데, 세월이 이렇게 쌓이니 뭔가 생의 현재와 조금 어긋나 있는 느낌이 든다. 언어는 항상 삶보다 앞서거나 뒤서있을 수밖에 없기 때문이다. 그래서인지 아들과 캐치볼 하며 공이라도 받을라치면 기분이 좋아 나도 모르게 실실 웃음이 나온다. 동그란 공이 중력을 정확하게 따르며 날아와 글러브에 팍 꽂히는 순간, 손바닥을 강타하는 단단한 현존이 어떤 고전의 문장보다 깊은 기쁨을 준다. 운동, 활동, 행동…. 무어라 부르든 몸이 움직일 때 언어는 잠시 비듬처럼 사소해진다.

프루스트의 소설《잃어버린 시간을 찾아서》에 등장하는 소설가 베르고트는 미술관에서 베르메르의 그림〈델프트 풍경〉을 본다. 그는 그림 한구석에서 햇살에 빛나는 노란 벽을 보고 평생의 글쓰기가 저 이미지 한 조각보다 못하다고 느끼며 그 자리에서 쓰러져 죽는다. 벨라스케스의 그림을 보면 가끔 인물 뒤에 아무런 장식도 없고 바닥과 벽의 구분조차 없는 단색의 배경이 화면을 채운다. 인물 이전에 그 미묘하게 출렁이는 물결 같은 배경을 한참 넋 잃고 바라보게 된다. 로스코의 그림처럼 형태나 구조가 없는 순수한 색의 음영과 부피가 너무도 마음 깊이 와닿아 감각과 생각 사이를 휘젓는 것이다. 플로베르는 "언어란 갈라진 주전자와 같아서 우리가 그것으로 연주하면 겨우 곰들이나 장단 맞춰 춤을 춘다"[*]고 썼다. 거칠고 옹색한 언어로 삶을 영위하는 자의 자조에 깊이 공감하지만, 플로베르에게 그랬듯 내게도 언어는 유일한 밥벌이의 수단이자 표현의 형식이라, 매일 그 장단에 내가 춤을 춘다.

---

[*]   줄리언 반스, 신재실 옮김,《플로베르의 앵무새》, 열린책들, 2017.

얼굴

~

히에로니무스 보스의 그림을 본다. 하늘 위, 숲속, 지옥의 불구덩이 속에 수많은 얼굴들이 조그맣게 그려져 있다. 보스는 그 얼굴들을 어떻게 떠올렸을까? 친척이거나 동네 이웃들일까? 교회에 모인 신자들일까? 꿈속에서 만난 사람들일까? 마음으로 묻다가 화가의 얼굴이 문득 궁금해진다. 다른 화가들처럼 이 수많은 얼굴의 한구석에 자신의 얼굴을 그려 넣었을까? 나무 밑에, 구름 위에, 다리 아래 있는 저 남자일까? 아니면 해골 안에, 내장 속에, 피 웅덩이 아래 울부짖는 저 사람일까?

우리는 왜 얼굴을 그렇게 보고 싶어 하는 것일까? 뒷모습이 아름다운 사람을 길에서 만나면 왜 기어코 앞으로 가서 얼굴을 확인하고 싶은 것일까? 우리가 얼굴을 모르고 그 사람을 알 수 있을까? 세상을 받아들이는 모든 감각이 모여있는 울퉁불퉁한 표면. 불수의적으로 움직이는 근육과 혈관 때문에 마음의 상태가 감추지 못하고 드러나는 하나의 풍경. 오랜 세월 동안 반복해서 표현하는 감정 때문에 마음의 굴곡이 천천히 새겨지는 부조 같은 이 사물. 아이는 태어나자마자 엄마의 얼굴과 타인의 얼굴을 구분할 수 있다고 한다. 벽의 불규칙적인 얼룩에서 문득 나를 바라보는 얼굴이 떠오르듯, 우리는 세상에서 끊임없이 얼굴을 찾는다(마스크를 쓰는 이 세계가 낯설고 불안한 이유다). 그곳에 관계가 있고 의미가 있기 때문이다.

엔트로피

퇴근하면 밥 먹고 설거지를 한다. 빨래는 매일 쌓이고 이틀에 한 번은 세탁기에 돌려 말리고 차곡차곡 개어 서랍에 넣는다(물론 대부분 아내가 하는 일이고 나는 거우 도우면서 생색을 낸다). 주말엔 마당을 쓸고, 일 년에 한 번은 집 외벽의 나무에 오일을 바른다. 사다리 타고 올라가 한 뼘 한 뼘 오일을 바르는 일은 이삼 일이 걸린다. 칠할 때는 뿌듯하지만 며칠 지나면 별로 티도 나지 않는다. 하지만 일 년만 내버려두면 나무는 삭고 썩어서 돌이킬 수 없는 상태에 이른다(볕이 많이 드는 쪽 나무 몇 장이 벌써 까맣게 변했다).

엔트로피 법칙대로 우주는 점점 차갑게 식으며 무질서한

상태가 되어간다. 주변은 더러워지고 어질러진다. 뭔가를 만들고 창조하는 일이 아니라, 그냥 이 무질서를 회복하고 유지하는 데에만 엄청난 에너지가 들어간다. 헨리 데이비드 소로가 숲속에서 자유와 고독에 대해서 논하는 동안 소로의 어머니는 매일매일 아들의 빨래를 하고 밥을 해서 오두막까지 날랐다. 세상은 창조하는 사람만을 기억하지만, 사실 일상을 유지하기 위해 티 나지 않는 엄청난 노동을 하는 사람들에 의해서 지탱되고 있다.

여행

여행을 간다. 가본 곳인데도 군이 짐을 챙겨서 집을 떠난다. 낯선 산의 윤곽이 길의 끝에서 드러난다. 구름이 분홍빛으로 물들었다가 창백해지고 하늘이 순식간에 어두워진다. 모기가 발과 종아리를 물어 간지럽다. 차에서 짐을 내리는데 솔잎이 머리를 쿡쿡 찌른다. 모래가 발가락 사이에 들어가 까슬하다. 창문으로 파도 소리가 끊임없이 밀려든다. 밥때가 지나서 배가 고프고 너무 먹어서 배가 아프다. 새벽에 들리는 낯선 빗소리에 잠에서 깬다. 열어놓은 창문으로 서늘한 바람이 마치 물이 넘치듯 흘러든다. 불편한 이부자리 때문에 일찍 깨어 눈이 따끔거린다. 오래 걸으니 발바닥이

욱신거리고 허벅지가 옷에 쓸려 아프다. 여행에서 감각은 더 강렬하다. 그만큼 현재가 확장되어 풍성해진다. 살아있음이 더 생생하게 느껴지고, 흘러가던 일상이 잠시 응축되어 꿀처럼 진해진다. 여행의 핵심은 감각의 회복이다.

역할

칼 융은 우리의 사회적 인격을 페르소나라고 불렀다. 그런데 이 페르소나는 단수가 아니다. 예를 들어 나는 아들이자 아빠이고, 남편이자 사위이고, 친구이자 선배(후배)이고, 의사이자 사장이고, 독자이자 저자이다(이렇게 계속 이어질 수 있다). 각 역할 속에서 나는 다른 식으로 세상을 대하고, 다른 식으로 느끼고, 다른 것을 원하고, 다른 것을 두려워하고, 다른 이유로 실망한다. 그래서 나는 괜찮은(아마) 아들이고 나쁘지 않은(제발) 아빠이지만, 부족한(이 형용사로 충분할까) 남편이고 무심한 사위이며, 연락 뜸한 친구이자 만만한 선배다. 또 성실한(바라건대) 의사이자 무능한 사장이고, 열혈

독자이자 시시한 저자이다. 어떤 사람이 '좋은 사람이다' 혹은 '나쁜 사람이다'라고 판단하거나 평가할 때도, 특정 역할에서 좋거나 나쁜지는 말할 수 있겠으나, '그 사람'이 좋거나 나쁠 수는 없을 것이다. 이기적인 남편이 대개 좋은 친구이고, 돈독 오른 사장이 좋은 아빠일 수 있듯 말이다.

사람들 사이 갈등이 일어나는 흔한 이유 중 하나는 서로에게 무의식적으로 기대하는 역할이 어긋나기 때문이다. 예를 들어 우리나라 남편들은 아내에게 엄마 역할을 기대하고, 아내들은 남편에게 친구 역할을 기대하기에 문제가 자꾸 생긴다. 또 상대 배우자의 역할에 대해서 실망할 뿐 배우자로서 내 역할에 대해서는 잘 생각하지 않는다. 사랑이 식었는지 걱정하기 이전에 바라는 역할이 어긋나고 있는 건 아닌지 점검하는 것이 먼저일 수 있다. 물론 아무리 해도 안 되는 순간도 있다. 역할에 대한 개념 자체가 다른 사람들이 이상하게 매혹되어 만나는 일이 드물지 않다.

열거

～

　우리 몸의 면역 시스템에는 패턴 인식 수용체라는 것이 있다. 우리를 공격하는 외부 인자를 색출하는 시스템인데, 수십만 개 이상의 패턴을 인식해서 이에 대한 면역 반응을 일으킨다고 한다. 면역을 연구한 사람들은 처음에 뭔가 고도로 복잡한 대처 방식이 있어 외부 물질의 특성에 따라 수용체가 유연하게 변형될 것이라 생각했지만 사실은 그와 달랐다. 비유컨대 복잡하게 변화하는 열쇠 몇 개를 활용하는 게 아니라, 수십만 개의 열쇠를 미리 만들어놓고 하나하나 넣어보면서 자물쇠를 여는 것이다. 우리 육체는 귀납법이나 연역법이 아닌 열거법을 쓴다.

프루스트는 한 편지에서 "열거법이란 종합의 한 형태일 수 있다"라고 썼다. 소설 《잃어버린 시간을 찾아서》의 '사라진 알베르틴' 편에서 그는 자고 있는 사이 떠나버린 알베르틴을 추억하면서 수많은 기억과 상념을 끝없이 열거하는데, 그 문장들은 어떤 결론으로도 모이지 않고 어떤 해결책도 내놓지 못하지만 그것만으로 가장 깊은 사랑과 상실의 체험이 된다.

자다 보면 꿈을 꾸는데 어느 날엔 하나가 아니라 두세 개의 꿈이 이어진다. 동시 상영관처럼 주제도 감독도 다른 영화를 잇달아 보는 것이다. 정신분석가 도널드 멜처는 이러한 꿈의 열거가 하나의 주제를 표현하는 꿈의 논리라고 보았다. 음이 하나하나 열거되어 음악을 이루는 것처럼, 삶 또한 결국 잠들고 깨어나는 하루하루 일상의 열거가 아닐까. 공평하게도 평생 기억에 남는 소중한 날도, 어제와 다를 바 없는 뻔한 날도 똑같이 스물네 시간의 비중으로 열거되어 우리 삶을 이룬다.

예술가

점점 더 동구권 음반을 듣는다. 전에는 음반 레이블 '데카'나 '도이치 그라모폰' 마크만 봐도 설레었는데 작년부터 동독 국영 레이블 '에테르나' 음반을 좋아하기 시작했고, 요샌 구소련 레이블 '멜로디아'의 음반을 찾아 듣는다. 이 시절 이 동네 음반들은 소박하고 듣기에 따라서는 투박하다. 비유컨대 호텔 방의 고독 속에서 남이 해주는 음식을 먹고 매니저의 케어를 받으며 심오한 예술적 완성을 추구하는 천재의 음악이 아니라, 가족들이랑 집에서 아침 먹고 출근해서 연습하다가 직원들과 같이 점심 식사를 한 후 저녁까지 열심히 녹음하고 퇴근하는 직장인의 음악 같다. 육체의 한계와 기분의 일상적 요동과 평범한 실수가 담겨있다. 음악이 땅을 벗어난 천공이나 심연에 있지 않고 골목 안에, 들판에, 마주 잡은 손 안에서 울린다. 천사의 후광보다 내 아이의 웃음이 더 환한 것처럼, 지상에서 흐르는 음악이 마음의 창문을 더 쉽게 넘는다.

옛날

이야기들은 '옛날 옛적에'라고 시작한다. 정확한 시기를 특정하지 않는다는 것은, 그리고 지금이 아니라고 강조하는 것은 악명 높은 프로이트식으로 말하면 사실 '지금' 일어나는 일이라는 뜻이다. 왕자나 공주가 주인공인 이유는 우리 모두가 가족이라는 왕국에서 왕과 왕비의 아들이고 딸이기 때문이다. 꿈에서 일어나는 일들이 현실보다 마음의 진실에 가까운 것처럼, '옛날'에 그 왕국에서 일어난 일들은 지금 우리 마음속, 그것도 가장 중요한 영토에서 항상 일어나고 있는 일이다. 그렇지 않고서야 그 낡은 이야기를 디지털 시대 아이들이 밤마다 읽어달라고 할 리가 없지 않은가. 우리는 항상 비겁하지만 용감하고, 두려워하지만 탐험을 떠나며, 그리하여 항상은 아니지만 한번쯤은 마음의 가장 깊은 성 안에서 용을 물리치고 공주를 만난다.

중요한 것은 왕자가 나일 뿐 아니라 무시무시한 용도, 아름다운 공주도 결국 나라는 사실이다. 오랜 탐험 끝에 우리는 마침내 우리에게 도달한다. 자신을 만나는 일은 이렇게 수천 년 동안 되풀이하여 이야기되고 수십 번 반복해서 들어야 할 정도로 중요한, 그리고 어려운 일이다.

외국

~

스무 살 때 유럽 여행을 갔다가 스위스 낯선 마을에서 길을 잃었다. 융프라우에 가기 위해서 기차를 갈아타야 했다. 두 시간 정도 시간이 있었는데 근처 마을을 걷다가 방향을 놓쳤다. 잰걸음으로 길을 찾다가 문득 들어간 작은 마을엔 어깨 높이의 돌담 안으로 나지막한 단층 주택들이 나란히 앉았고, 낯선 땅의 이상하게 투명한 공기 속으로 오후의 선명한 햇살이 비쳐 사물과 그림자의 경계가 지나치게 뚜렷했다. 초조하고 불안한 내 마음과 달리 마을은 이 세상이 아닌 듯 평화로웠다. 그중 한 집 마당에서 예닐곱 살 되어 보이는 금발의 소년이 개와 뛰어놀다가 나와 눈이 마주쳤다. 이십

오 년이 지난 지금도 그 장면을 뚜렷하게 기억한다. 지구 정
반대 편, 다시는 오지 않을 장소에서 다시는 만날 수 없는 아
이와 잠시 서로 마주 보았다. 시간과 공간이라는 이 존재의
가장 근본적인 구조가 나는 자주 아득하다.

울음

아이가 장난을 멈추지 않아 문득 소리를 질렀다. 아이는 순간 얼어버린다. 조금 있다가 마음을 추스르고 사과하고 안아주었다. 아이는 그제야 울기 시작한다. 아이가 울 수 있는 건 비로소 안전하기 때문이다. 이때 아이가 울지 않는다면, 그 감정들은 어떻게 될까. 놀람과 불안과 두려움의 감정은 어디로 가서 모일까.

울음을 두 가지로 나눠볼 수 있다. 자신의 내면에 접촉하여 슬픔을 흘려보내는 울음, 그리고 감정을 조각내고 투사하고 방출하여 혼란스러운 내면을 비워내고자 하는 울음. 전자일 때 우리는 차분하고 평온해진다. 이상하게 충만한

상태에 잠시 머무른다. 울고 나니 기분이 좀 낫더라고 말할
수 있는 상황이다. 후자의 경우 우리는 공허하고 불쾌해진
다. 울고 났는데 마음이 더 바스락거리고 위태롭다. 이럴 때
울음은 비명이다. 프란시스 베이컨의 그림들에서처럼.

유령

～

한이 남으면 유령이 된다고 한다. 서양에서도, 동양에서
도 억울하고 서러운 일을 당하면 죽어도 죽지 못하고 육체
가 있는 것도 없는 것도 아닌 상태가 되어 땅을 밟지 못하지
만 하늘로 떠가지도 못한 채 그렇게 존재도, 무도 아닌 상태
가 된다. 프로이트의 상실과 애도에 대한 논문 〈애도와 멜랑
콜리아〉를 독해하면서 정신분석가 토마스 옥덴은 어떤 사람
들은 "대상 상실의 고통을 피하는 대신에 상당 정도의 외부
현실로부터 단절되기 때문에 삶이 없다는 느낌에 처한다"*고

---

* Thomas H. Ogden, 《Creative Readings: Essays on Seminal Analytic
Works》, Routledge, 2012.

말한다. 소중한 그 사람이 죽었다는 것을 도저히 받아들일 수 없을 때, 현실을 무의식적으로 회피하면서 아는 것도 모르는 것도 아닌 지점에 도달하는 것이다. 유령은 이러한 마음에서 탄생하는지도 모른다. 억울하고 서러운 건 떠난 사람이 아니라 남은 사람이라서, 상실을 받아들이지 못하면 환상이 현실로 넘어 들어와 그렇게 유령이 출현하는 것이다.

돌아가시기 일 년 전쯤 아버지는 학회에 갔다가 비디오테이프를 하나 들고 오셨다. 발표하는 것을 촬영했는데 기념으로 주더라고 했다. 유품을 정리하면서 비디오를 발견하고, 언젠가 아버지가 보고 싶을 때 틀어봐야겠다 생각했다. 마음 한구석에는 무언가 불편한 마음이 들었지만 그땐 그것이 무슨 감정인지 알지 못했다. 그 후로 지금까지 우리 가족은 단 한 번도 그 비디오를 본 적이 없다. 삼십여 년이 지난 지금, 정신과 의사가 되어 수많은 상실과 애도를 만나고 함께 해왔다. 이제 비로소 내가 마음에서 아버지를 충분히 떠나보내지 못했기에, 아버지가 돌아가셨다는 사실을 진심으로 받아들이지 못했기에 살아 움직이는 아버지를 보는 것이 유령 보듯 두려웠다는 것을 깨닫는다.

오학년

~

오학년 큰아들과 둘이 여행을 갔다. 차를 타고 움직이는 세 시간 동안 아이는 대통령과 정당의 관계에 대해, 펜타토닉과 코드 진행에 대해, 라 캄파넬라 연주와 손의 크기에 대해 말했다. 휴게소에 잠깐 들러 커플 모자를 사고 다시 출발하면서 급식에서 맛없는 것을 주고 맛있는 것을 얻는 기술에 대해, 종교의 의미와 필요에 대해, 이단에 대해, 부가세에 대해, 학교 남자 화장실 두 번째 칸에 있는 비밀문에 대해, 진보와 보수의 차이에 대해, 사회복지제도의 장단점에 대해 끊임없이 묻고 떠들었다.

구도심의 작은 게스트하우스에서 자고 일어나 바다

로 향했다. 아침에 구름을 보면서 아이는 "알지 못하는 것을 우리는 상상할 수 있을까? 몰랐던 색을 보고 그 색을 알아볼 수 있을까? 무언가를 처음 상상하는 건 어떻게 가능할까?" 물었고 "난 노래의 간주 부분이 좋은 것 같아. 익숙한 게 조금 다르게 바뀌는 순간이 좋아" 했다가 아무리 배가 불러도 십 분만 지나면 뭐든지 다시 먹을 수 있다고 장담했다. 저녁에 바다에 도착해 모래사장에 앉아 구름에 비친 햇빛이 노랑에서 분홍으로, 그리고 자줏빛에서 천천히 남색으로 변해가는 것을 함께 보았다. 아이는 물었다. "저 노을 비치는 바다 색깔을 무슨 색이라고 불러야 할까? 사람마다 다른 색이라고 하겠지? 저 색은 우리가 아는 색인가?"

이름

첫째가 '마룬파이브' 노래가 어떻고 〈가디언즈 오브 갤럭시〉 영화가 어떻고 이야기하고 있자니 여덟 살 둘째가 "와! 형은 이름을 엄청 많이 안다!" 한다. 설거지를 하면서 뒤돌아보니 둘째 눈에 부러움이 가득 담겨있다. 싱긋 웃다가 '아, 저게 내 마음이구나' 싶다. 스무 살 때는 시인과 소설가의 이름을, 철학자와 정신분석가의 이름을, 화가와 재즈 연주자의 이름을, 요새는 백 년 전 소프라노와 피아니스트 이름을 하나라도 더 알려고 안달하는 내 마음이다. 햄릿은 '말, 말, 말'이라고 했다. 나는 '이름, 이름, 이름'으로 생을 헛되이 채우려 하는구나.

이상

〜

"엄마 친구 아들은 똑똑한데 키도 크고 말도 잘 듣는다더라"라는 대표적 사례에서 보듯, 우리는 모두 타인의 삶을 이상화한다. 친구의 여자친구는 예쁠 것 같다. 선생님의 아이들은 다 착할 것 같다. 저 연예인은 집에서도 화 한번 안 낼 것 같다. 저 집 남편은 돈도 잘 버는데 매일 아침을 차려놓고 아내를 깨운다더라. 그 집 아내는 남편 운동 다녀오라고 저녁에 애를 혼자 챙겨서 재운다더라. 보이지 않는 타인의 삶은 다 우아하고 깔끔하고 그늘 없이 환할 거라는 생각이 자꾸 든다. 다들 잘 사는데 나만 왜 이리 힘든지 모르겠어요. 주변에 보면 다 밝은데 나만 이렇게 우울의 늪에서 빠져

나오지를 못하네요. 다른 집 부부들은 싸우지도 않고 잘 사는데 우리 부부는 왜 맨날 이 지경인지 모르겠어요…. 다른 사람이 잘 산다는 생각은 쉽게 나만 못 산다는 생각으로 바뀌기도 한다. 이상화가 평가절하로 뒤집어지는 순간이다. 오로지 양광만 비추거나 그늘만 드리워져 있다면 대개 진실이 아니다. 저기는 반짝이는데 여기는 어둑하고, 이곳은 뽀송한데 저곳은 질척이는 평범한 난장판이 항상 사실에 가까운 법이다. 그 평범함을 지키는 것이 또 쉬운 일인가.

인생

~

봄이 되어 아침 산책을 하다가 오랜만에 입고 나온 점퍼 호주머니에 뭐가 있길래 꺼내어보니, 지난 봄에 뭘 묶는다고 마당에서 썼던 가는 철사 자투리다. 걸으며 아무 생각 없이 손으로 조물조물하다가 문득 들여다보니, 가는 선들이 서로 뒤엉켜 어디서부터 어떻게 풀어야 할지 모르겠다. 그런데, 그게 그대로 햇살에 반짝여 예쁘다. 문득 '인생 같다'는 구절이 떠올랐는데, 마음에 들어 곱씹다 보니 이 비유는 아무 데나 다 붙여도 말이 되는 '치트키'로구나. 철사 뭉치도 인생 같고, 활짝 핀 채 땅에 떨어져 천천히 문드러지는 동백꽃도 인생 같고, 단체방에서 서로 카톡 돌려 약속한 것처럼 한날에 일제히 솟아오르는 앞산의 잎사귀들도 인생 같고, 토요일 아침에 왜 학원에 가야 하느냐며 투덜투덜하면서도 시간 맞춰 터벅터벅 걸어가는 아들의 뒷모습도 인생 같다. 생각해 보면 이 모든 게 인생이니, 인생 같은 건 비유가 아니라 '사실'이구나.

인연

~

좋은 사람을 만나면 좋겠다고 한다. 혹은 내 배우자가 좋은 사람이 아닌 것 같다고 한다. 나랑 비슷한 사람이 좋은 사람일까? 표현이 많은 둘이 만나면 자꾸 부딪히고, 마음으로 삭이는 둘이 만나면 오해가 쌓인다. 나랑 다른 사람이 좋은 사람일까? 나보다 적극적이라서 만나다 보면 행동만 앞선다 싶고, 나랑 달리 사려 깊은 모습이 좋아 만나다 보면 속으로 무슨 생각을 하는지 모르겠어서 답답하다. 착하고 배려가 많은 사람이 좋은 사람일까? 무엇을 원하는지 알 수 없고 세월이 흐르면 쌓인 감정이 분노나 우울로 변하기 쉽다. 솔직하고 단순한 사람은? 예측할 수 없고 충동적이고 너무 쉽게 상처받고 상처 주기 때문에 항상 긴장하게 될지도 모른다. 그러니 세상 어딘가에 좋은 사람이 살고 있는 것이 아니다. 그 사람을 그늘까지 껴안는 사람이 상대를 좋은 사람으로 만든다. 물론 그늘은 서로 껴안을 때만 껴안을 만한 법이라, 혼자서는 아무리 노력해도 쉽지 않다.

읽다

~

글을 읽는다. 문장을 읽고 해독한다. 흰 종이 위 검은 글자들을 따라가다 보면 어느 순간 저 검은 선들이 소리가 되고 언어가 되어 의미로 변한다. 그리하여 감정과 이미지와 추억과 뒤엉킨다.

얼굴을 읽는다. 눈을 맞추고 얼굴을 본다. 눈빛의 미묘한 뉘앙스와 근육의 미세한 떨림을 읽는다. 감정을 감지하고 말의 배경을 인식하고 그 의미를 해독한다. 한 사람이 손바닥만 한 동그란 표면에 다 들어있다.

잎사귀를 주워 그 맥을 읽는다. 강을 거슬러 올라가면 물이 여기저기로 갈라져 깊은 산속으로 스며들듯, 잎자루에서 시작한 물의 길이 희미해질 때 잎의 윤곽이 완성된다. 아무것도 숨겨져 있지 않은데 끝없이 읽어야 할 것 같다.

읽기는 이상한 행동이다. 보이는 대로 보지 않고, 이면의 다른 의미를 항상 찾는다. 라캉은 인간이 언어를 받아들이는 순간, 영원히 실재를 생생하게 느끼는 능력을 상실한다고 말했다. 그냥 보는 것이 읽기보다 어려워지는 건 인간의 슬픈 숙명이라서, 오로지 읽기를 통해 먼 길을 돌아 우리는 의미(심지어 무의미)에 닿는다.

잎

~

봄에 마당이나 앞산 혹은 뒷산이나 먼 산에 서있는 저 많은 나무의 딱딱하고 까만 가지에서 수많은 구멍이 거의 동시에 생겨난다고 생각해 보자. 그 구멍 틈으로 연둣빛의 여리고 투명한, 아이 살결처럼 부드럽고 잠자리 날개처럼 연약하고 참새의 혀처럼 뾰족한 것들이 부끄러운지도 모르고 힘차게 솟는다. 손끝으로 문대면 으깨질 저 한없이 연약한 것들이 어떤 힘이 있어서 세상 속으로 이렇게 밀고 나오는지, 대체. 쌀알이나 손톱 혹은 갓난아이 손바닥만 한 잎사귀들이 어디서 이렇게 온몸에 열꽃 피고 신열 돋듯 치솟아 오르는지, 대체.

5장.

바라 봄

ㅈ-ㅎ

자라나다

~

    아침에 마당에서 아내가 잡초인 줄 알고 작은 잎사귀가 달린 줄기를 뽑았는데 도토리에서 참나무 싹이 올라와서 한 뼘이나 자라있었다. 차마 내던질 수 없어 출근을 미루고 마당 구석에 모종삽으로 땅을 파고 심었다.

    아들이랑 농구를 하다가 문득 손바닥을 마주 대보니 아들 손이 내 손보다 더 크다! 어느새 이렇게 자랐을까. 기쁨과 함께 묘한 상실감이 올라왔다.

    저녁에 퇴근하니 이미 마당에서 아이들이 치킨을 먹고 있다. 집에 들어가지도 않고 참나무 장작에 불을 붙이고, 서쪽 하늘에서 자라나는 분홍빛과 장작에서 자라나는 진홍빛 불을 한참 바라보았다.

내담자의 연상이 복잡하게 흘러갈 때 그 안에서 주어와 목적어와 시제를 버리고 핵심 동사를 찾아보라고 했던 사람이 케이스먼트*였던가? 자라난다, 나무도, 아이도, 그리고 결국 쇠락하여 고요한 어둠이 되는 빛도.

---

* 패트릭 J. 케이스먼트, 김석도 옮김, 《환자에게서 배우기》, 한국심리치료연구소, 2003.

접속

~

쉬는 날 상추를 심었다. 재래시장에서 모종을 사서 밖에 하루를 뒀더니 어느새 여린 잎이 말라간다. 호미로 흙을 파서 자리를 만든다. 소주잔보다 작은 뿌리를 넣고 흙을 모아 다시 덮는다. 손가락으로 주변을 꾹꾹 눌러준다. 촉촉하게 물을 뿌린다. 손가락만 스쳐도 줄기가 똑 부러지는 이 여린 게 살아날까 싶다. 며칠 지나면 신기하게도 잎사귀에 팽팽하게 물이 올라서 금방 쑥쑥 자란다.

학생 때 수술장에 자주 들어갔다. 가장 신기했던 것은 대충 바늘과 실로 쓱쓱 꿰맨 것 같은 수술 부위가 며칠 지나면 놀라울 정도로 빠르게 아문다는 것이다. 베이고 썰렸던 저 장기와 뼈와 피부가 맞닿아 연결되고 다시 단단하고 팽팽해진다.

정신과 의사로 일하면서 깊이 깨달은 것 중 하나는 환자들은 내가 예상할 수 없는 방식으로 좋아진다는 것이다. 내가 이해하고 파악한 상황에서 기대한 것을 훌쩍 넘어서, 내가 상상할 수 없었던 돌파구를 만들고 놀라운 속도로 마음과 삶의 균형을 이루어간다. "이 사람은 어떻게 좋아진 거지?" 자문해 보면, 분명 내가 한 게 없는데 내가 없었다면 또 이 변화는 일어나지 못했을 거란 생각이 든다.

저 식물은, 우리의 육체는, 그리고 정신은 무엇에 접속해 있는 것일까? 흙에 작은 자리를 만들어 뿌리를 심을 때 땅과 연결되고 그렇게 지구와 연결되듯, 우리의 육체와 정신은 무엇에 연결되어 아물고 치유되는 것일까?

정신력

정신력으로 이겨내야 한다는 말을 진료실에서 여전히 자주 듣는다. 정체를 알 수 없는 말이다. 고통을 참는 게 정신력일까? 친구 따라 마라톤에 충동적으로 참가했다가 이십 킬로미터 쯤에 쓰러져 탈수와 고열로 사망한 사십 대 남자를 아직도 기억한다. 삼십 대 초반, 바다가 보이는 소도시의 응급실에서 일하던 때 일이다. 고통은 돌봐야 하는 상태라는 신호이며, 이를 무시하는 것은 정신력이 아니라 자기파괴적인 고집이다. 항상 긍정적으로 생각하고 모든 어두운 감정을 몰아내는 것이 정신력일까? 그렇게 우울과 불안을 이겨낼 거라 우기는 것이 정신력일까? T.S. 엘리엇은 "평정은 신중히 꾸며낸 둔감함"*이라 말한 적이 있다. 불안과 우울을 '이긴다'고 말하는 것은 많은 경우 둔감함이거나 기만이고, 회피거나 부인이며, 극복이 아니라 도망치는 것이다. 게다가 우리는 '정신력'이라는 단어에 대개 '나'가 아니라 '너'를 주어로 쓴다. '너는 정신력이 약해', '너는 정신력이 필요해'라고 상대를 비난(발화하는 당사자는 그리 생각하지 않는다. 하지만 듣는 당사자는 열이면 아홉 그렇게 느낀다)할 때 사용하는 것이다. 가끔 '나는 정신력이 강해'라고 말하는 사람이 있다. 그럴 때 그를 잘 아는 주변 사람들에게 물어보라. 그 '정신력'이 얼마나 주변 사람들을 힘들게 만드는지 듣게 될 것이다.

★   T.S. 엘리엇, 윤혜준 옮김, 《사중주 네 편》, 문학과 지성사, 2019.

정신분석학

~

아이는 엄마를 욕망하고 아빠를 이기고 싶어 한다고 주장했던 프로이트에게는 젊고 아름다운 엄마가 있었다. 아빠보다 엄마가 더 중요하고 우리는 태어날 때부터 엄마에게 사랑뿐 아니라 증오를 느낀다고 말했던 클라인에게는 무섭고 두려운 엄마가 있었다. 분석가는 실망하지 않고 비난하지 않고 내치지 않고 내담자를 오래 기다려줘야 한다고 주장했던 코헛에게는 차갑고 냉담한 엄마가 있었다. 이렇게 사적인 삶의 흔적이 이론에 깊이 새겨진 정신분석을 우리가 과학이라고 말할 수 있을까? 이론 자체와 이론가의 삶이 구분할 수 없게 엉켜있는데, 이 주관적 산물이 인간의 마음을 보편적으로 이해하는 도구가 될 수 있을까?

제인 구달이 침팬지를 연구했을 때 기성 학계는 구달이 침팬지에게 이름을 붙여주며 가까이 다가가 사적인 관계를 맺음으로써 연구 대상의 상태를 왜곡했다고, 그러니 구달의 연구를 과학이라 부를 수 없다고 비난했다. 하지만 구달은 그 어떤 '객관적' 과학자들보다 침팬지 집단의 구성과 관계, 그리고 그 안의 은밀한 역학 관계를 깊이 파악할 수 있었고 유인원 연구의 새로운 장을 열었다.

인간의 마음을 대상으로 하는 과학이 과연 '객관적'일 수 있을까? 객관적 방법으로 인간의 마음속을 파고들어 그 여린 속살과 어두운 습성과 감정의 원시적인 출렁임을 파악할 수 있을까? 내밀한 상처의 빛으로 마음의 길을 비추는 주관적 탐구만이 인간의 마음으로 진입하는 유일하게 '과학적'인 방법은 아닐까?

정점

~

완도 명사십리해수욕장에 다녀왔다. 아이들이 물에 들어가지 못하게 말리느라 혼났다. 뭍은 온화했지만 바닷가는 바람이 많이 불어 큰아이가 놓친 연이 실패를 끌고 소나무 우듬지까지 날아가 걸렸다. 솔숲 바로 뒤에는 낡은 민박집 몇 채가 바다를 바라보고 앉아있었는데 어머니가 그중 빛바랜 분홍 지붕 단층집을 가리키며 내가 초등학교 육학년 때 우리 가족이 마지막으로 외갓집 식구들과 피서 와서 묵었던 그 집이라 하셨다. 저 평상에서 삼겹살을 굽고 밤에 아버지와 이모부와 볼락 낚시를 가서 달빛에 앉아있던 기억이 아주 오랜만에 떠올랐다. 그것이 내 유년 시절 마지막 가족여행이었다. 다가가서 들여다보고 있자니 할아버지 한 분이 유모차를 보행 보조기 삼아 천천히 밀고 오시더니 장갑으로 느릿느릿 평상의 먼지를 닦으신다. 손가락 끝이 겨우 바닥에 닿았고, 먼지는 거의 닦이지 않았다. "삼십 년 전에 우리 가족을 손님으로 받으셨던 건 아닐까?" 생각했다.

고흥 남열해돋이해수욕장에 다녀왔다. 항상 그렇듯 아이들은 바다에서 파도와 함께 출렁이며 놀다가 추워지니 오후 햇살에 몸을 말리며 한참 모래를 만진다. 그 사이에 아내랑 좀 걷다가, 모래 위에 앉아 한참 바다를 쳐다보다가, 인도의 어느 모래사장을 단호한 표정으로 뛰던 제이슨 본처럼 맨발로 헉헉거리며 달렸다. 제이슨 본이야 CIA의 추격으로부터 자신을 지키기 위해서였다지만, 나는 그냥 내 체력이 적이라 뛰어도 도망갈 데가 없었다.

터벅터벅 역광의 빛 속에서 눈을 찡그리고 걷다가 문득, 왜 매주 이렇게 성실하게 똑같은 물놀이를 하러 다니나 스스로 물어보았다. 남도로 이사 온 이후 매년 두세 달 정도는 물에 간다. 해수욕장에 가고, 윈드서핑을 배우러 가고, 계곡에 간다. 마음에 떠오른 대답은 이게 한 주의 쉼표가 아니라 정점이라는 것. 휴식이 아니라 가장 생생하게 살아있는 순간이고, 파생물이나 부산물이 아니라 중핵이라는 것. 맨발로 흙과 모래를 밟고, 차가운 물을 만지고, 직선으로 와닿는 햇빛을 받으며 수평선까지 넓게 펼쳐진 물과 거기 거울처럼 겹쳐있는 하늘을 보고, 걷고, 뛰고, 숨 쉬는 일들. 언젠가부터 어떤 성취나 인정보다 이 순간이 소중하다. 이번 주인지 지난주인지, 올해인지 작년인지 이제 구분하기도 어려운 이 똑같은 놀이, 반복되는 물놀이가 바소 오스티나토처럼 내 삶의 바탕을 이루고 변덕스러운 멜로디를 지탱해 준다.

좋아하다

정신분석가 토마스 옥덴은 한 논문에서 자신이 좋아하는 환자들이 더 빠르게 좋아지더라고 고백한 적이 있다. 일견 아마추어 같은 편파적인 이 구절을 기억하는 이유는 나도 몰래 그런 생각을 자주 했기 때문이다. 정이 가는 환자가 신기하게도 더 수월하게 호전된다.

좋아하는 능력은 이해하는 능력과 통한다. 증상의 역사와 배경을 이해하면 지금 환자가 보이는 그 모습이 납득되고, 이해되면 공감이 되고, 그러면 정이 간다. 진심으로 고통이 줄어들기를 바라게 된다. 그러니 지루하고 재미없는 정신분석이론을 공부하는 건 환자를 좋아할 수 있는 능력을 키우기 위한 것일지도 모른다. 복잡하고 다양한 인간의 정신을 이해하는 능력이 자라날수록 사람을 좋아하는 능력도 같이 자라서, 마주 앉은 저 사람이 조금 더 안타깝고 짠하고 좋아지는 것이다.

누군가가 내 고통을 이해하려고 노력하고, 내 불안과 분노를 두려워하지 않으며 마주하고, 스스로 이해하지 못하는 감정에 휩쓸리는 나에게 실망하지 않는 경험은 깊은 안전감을 주고, 거기서 우리 모두는 딛고 일어설 발판을 발견한다.

죄책감

위니코트는 부모들은 기본적으로 죄책감을 느끼는 경향이 있어서 이를 자극하지 않으려고 항상 노력한다고 썼다. 하지만 죄책감을 느끼는 능력은 아이를 보살피는 데 있어 꼭 필요한 미덕이라고 덧붙였다. 죄책감을 느끼기에 부모는 아이를 항상 살피고 아이에 대해 걱정하고 고민할 수 있다.

하지만 죄책감의 문제는 그것이 우리에게 항상 너무 무겁다는 것이다. 멜라니 클라인의 가장 심오한 순간은 우리 중 누구도 우울 자리에 평생 머물 수 없다는, 언젠가는 우울 자리의 죄책감을 견디지 못하고 그것을 세상에 내던지는 순간이 온다는 통찰이었다. 마치 워터파크의 미끄럼틀 위에 달린 커다란 물통처럼, 물이 천천히 차오르다가 어느 순간 확 뒤집어지면서 물을 사방에 끼얹듯, 감당할 수 있는 죄책감은 한계가 있어서 어느 순간 우리는 뒤집어지고 만다.

미안해하는 남편을 예로 든 적이 있다. "아니, 내가 미안하다고 했잖아!"라고 화내는 남자들. 누구는 조금 더 버틸 수도 있겠지만, 부부 싸움에서 남편이든 아내든 한 사람이 끝까지 미안한 마음을 유지하는 것은 거의 불가능한 법이다. 그러면 이제 남편 탓, 아내 탓, 상황 탓, 세상 탓, 치료자 탓이 시작되고 죄책감은 날카로운 분노나 냉담한 자조로 바뀐다. 이로 인해 변화를 위한 내적인 힘은 흩어져 버린다.

그래서 치료자로서 중요한 것은 부모의 죄책감이 넘치지 않게 잘 관리하는 것이다. 죄책감이 없는 것도 심각한 문제지만(드물게 그런 사람이 있다), 오랫동안 졸졸졸 차오르던 죄책감을 치료자가 또 한 바가지 쏟아부으면 부모도 사람인지라 다 팽개치고 도망치고 싶어진다.

애착 이론의 가장 큰 문제가 바로 이것이다. 볼비의 애착 이론은 굉장히 단순하고 명료한 언어(당시 정신분석가들이 애착이론을 싫어한 이유 중 하나였다)로 인간 정신 발달의 핵심을 꿰뚫고 있다. 하지만 아이가 태어나는 순간 모든 부모가 마음속 깊숙한 곳에 품게 되는 가장 끔찍한 악몽, 즉 '내가 아이의 인생을 망치면 어떻게 하지?' 하는 불안을 자극하는 위험한 이론이기도 하다.

애착 이론의 틀로 바라보면 돌이킬 수도 없고 되돌릴 수도 없으며 정확하게 기억나지도 않는, 사실 진실은 아무도 모르는 과거를 끌어와 부모를 비난하기 쉽다. 생각보다 많은 치료자들이 부모를 만나고 살아온 이야기를 들어보기도 전에 '애가 저 지경이니 부모는 뻔하지'라는 식의 선입견을 가진다. 그리고 마치 자신이 부모보다 더 아이를 아끼는 양(그럴 리 없다) 부모를 공격한다. 조심하지 않으면 쉽게 빠져드는 오류다.

이러한 접근의 문제는 앞서 이야기한 대로 부모의 가장 깊은 공포를 건드릴 뿐 아니라 아이도 치료자가 부모를 비난하는 것을 그리 반기지 않는다는 데 있다. 부모가 나쁜 사람이라고 생각하는 것은 아이에게 아주 깊은 불안을 일으키기 때문이다. 그래서 역설적이게도 실제 부모의 책임이 클수록 부모뿐 아니라 아이도 치료자로부터 도망치기 쉽다.

주다

코로나 때문에 아내와 둘째가 격리되면서 어머니 댁에서 큰아들과 며칠 신세를 졌다. 격리가 풀리는 날 봉투에 작은 액수를 넣어서 드렸는데, 퇴근하고 집에 와보니 큰아들의 기분이 좋다. 오래전부터 원하던 롤랜드 키보드를 사라고 할머니가 봉투를 주셨다고 한다. 내가 챙겨드린 돈이 고스란히 되돌아온 것이다.

얼마 전에는 아내 수술 때문에 며칠 입원하느라 아이들을 처가에 맡겼다. 퇴원하는 날 감사하는 마음을 담아 작은 액수를 넣어서 드렸는데, 장인어른께서 수술 받느라 고생했다며 봉투를 하나 손에 쥐어주신다. 돈이 오고 가면서 결국 제로가 되었는데, 신기하게도 여전히 드린 것도 맞고 받은 것도 맞다. 드리는 기쁨과 받는 감사함이 하나도 훼손되지 않고 의미는 그대로 남았다. 계산상으로는 제로인데, 의미는 두 배가 되는 이 당연하지만 신기한 기적이라니.

포틀래치는 북서부 아메리카 인디언 사회의 의례 중 하나로, 사람들을 초대해 음식과 선물을 나누어 주는 풍습이다. 주고 베푸는 행동은 소위 '합리적'인 관점에서 보면 낭비이고 과시에 불과하다. 하지만 인류학자 마르셀 모스는 선물을 주고받는 행위를 매개로 어떻게 부가 순환할 뿐 아니라 상호 간의 유대와 도덕적 책임이 지속적으로 유지되고 확장될 수 있는지를 치밀하게 기술했다. 현대 프랑스 철학자 장 보드리야르는 "가치의 체계와 그것이 확립하는 지배권을 뛰어넘을 수 있는 어떤 가능성이 존재한다"*라고 말하면서, 포틀래치 개념을 탐구하며 주는 행동에서 자본주의를 돌파할 수 있는 가능성을 탐구했다. 사유의 현란한 첨단을 걸었던 학자가 말년에 참으로 단순한 자리로 돌아온 것이다.

---

* 　장 보드리야르, 배영달 옮김, 《암호》, 동문선, 2006.

〈마태복음〉에서 예수는 갈릴리 호수 주변에서 아픈 자들을 치료하다가 저녁을 맞는다. 먹을 것이 없어 고민하는데 한 아이가 떡 다섯 쪽과 물고기 두 마리를 내놓는다. 예수는 그걸로 오천 명의 사람을 먹인다. 여기에서도 현실에 균열을 내는 풍성한 기쁨은 아이의 자그마한 베풂에서 시작했다.

지다

～

　시어도어 젤딘에 따르면 영어에서 '이기다(win)'는 '소망하다'라는 뜻인 'wen'에서 유래했고 '지다(lose)'는 '자유롭게 하다'라는 뜻의 'los'에서 왔다.* 우리는 이기기를 원하고 이기면 기쁘고 짜릿하지만, 미안하고 불편하고 미묘하게 불안해진다. 우리는 지고 싶지 않다고 생각하며, 지게 되면 실망하고 상심하지만 한편으로는 홀가분하고 편안해진다. 젤딘의 말처럼 자유로워지는 것이다.

　프로이트에게 가장 중요한 감정은 불안이었고 그중에서

---

* 시어도어 젤딘, 김태우 옮김, 《인간의 내밀한 역사》, 어크로스, 2020.

도 죄책감이었다. 그에게 죄책감의 근원은 바로 '오이디푸스 콤플렉스'였는데 이는 아들이 아빠를 이기는 일과 연관되어 있었다. 프로이트는 아빠를 이기고 엄마와 자는 것을 포기할 때 우리가 사회적 존재가 된다고 썼다. 그에게 이기는 일은 극심한 불안을 일으키는 사건이었다.

위니코트는 "좌절은 죄책감에서 벗어나고 싶은 유혹으로 작용한다"[**]고 말했다. 좌절하면 미안해할 필요가 없다. 패배자가 되는 일엔 이상한 만족감이 있다. 그렇게 나는 엄살을 부린다. 실제 느끼는 것보다 더 힘들고 지치고 괴롭다고 말한다. 습관적으로 고통을 과장한다. 과도하게 겸손을 부리면서 사람들의 격려와 위로를 익숙하게 즐긴다. 우울의 포즈가 죄책감에서 벗어나는 수단이 되는 순간이다.

[**] 도널드 위니코트, 이재훈 옮김, 《소아의학을 거쳐 정신분석으로》, 한국심리치료연구소, 2011.

진단

정신과에서 진단의 한계는 분명하다. 의사소통을 위해 진단이 필요하지만 우울증, 공황장애, 혹은 조현병과 같은 진단은 그 사람이 어떤 고통을 겪고 있는지, 그 고통을 어떻게 풀어나가야 하는지 거의 알려주지 못한다. 그래서 정신과 의사로서 진료실에 앉아있을 때 진단이 중요한 경우는 거의 없다. '불안장애 환자'나 '양극성장애 환자'가 있는 것이 아니라 바로 그 사람이 있는 것이다. 이렇게 이야기하면 어떤 사람은 이게 이상적 태도나 관념적 목표일 거라 짐작하는데, 사실 이는 목표가 아니라 결과에 가깝다. 한 사람의 고유함을 존중하기 위해서 의식적으로 노력하는 것이 아니라 정신과적 진단과 치료 과정 자체가 유일무이한 한 존재에 대해서 생각할 수밖에 없게 만드는 것이다.

생각해 보면 똑같이 주요우울장애 진단 기준에 들어가더라도 각자 상황은 다르다. 성별과 나이가 다르고 건강 상태가 다르다. 스트레스의 원인, 인지 능력, 감정을 성찰하는 능력이 다르고, 도움받을 수 있는 주변 자원이 다르고, 스스로 생각하는 치료 목표가 다르고, 경제적 상황이 다르다. 어떤 사람에게 우울은 병리적 핵심이지만 다른 이에게는 내적 상태를 지키거나 숨기기 위한 수단이다. 생물학적으로 뇌 자체의 기능이 저하되어 있구나 판단해야 하는 때도 있지만 어떨 때 우울은 오래전에 형성된 자신을 대하는 태도에 속한다. 진단은 이 모든 것을 뭉뚱그려 같은 크기, 같은 색깔의 보자기로 싸는 일이라서 수납과 정리를 위해 피할 수는 없지만, 딱 그 정도 의미밖에 없다.

이렇게 우리 모두의 삶이 다르듯 고통도 달라서, 치유의 과정과 목표 역시 다를 수밖에 없다. 약을 쓰느냐 마느냐의 수준이 아니라 상황을 어떻게 이해하고 설명할 것인지, 어느 정도 인지적으로 혹은 감정적으로 접근할 것인지, 치료

목표를 어떻게 설정할 것인지, 어떤 수단들을 도입할 것인지 판단은 항상 복잡하다.

　치료자의 역할과 의미도 마찬가지다. 하루 몇십 명의 환자('환자'라는 단어를 쓰는 것은 항상 어색한데 결국 '환자'를 만나는 게 아니라 '이 사람'을 만나기 때문이다. 진료실에서 만나는 분들을 '환자'라고 불러야 한다면 나도 '환자'다)를 같은 자리에 만나면서 나는 몇십 번 다른 존재 상태가 된다(이게 퇴근할 때 거의 매일 두통에 시달리는 가장 큰 이유이다). 이 역시 의식적으로 노력하는 일이 아니라 결과적으로 그렇게 되는 일이다. 한편으로는 일관되게 느끼고 생각하는 나로서 남아있으면서 동시에 환자에 따라, 같은 환자라도 치료의 경과에 따라 다른 식으로 수용하고 느끼고 반응한다. 이는 반은 연습과 수련과 고민으로 이루어가는 것이지만 반은 직관적이고 감각적으로 일어나는 일이라서 그 둘 사이의 균형을 잡는 것도 어렵다. 이 모호함이 다른 과 의사들이 정신과 의사를 '의사'로 생각하지 않는 가장 큰 이유일 텐데, 내게는 이 일의 가장 큰 매력이다.

진지

~

    찰스 슐츠가 50년 동안 그린 《피너츠》 시리즈에서 찰리 브라운과 친구들은 별로 웃지 않는다. 어른들이 쉽게 생각하듯 그들에게 삶이 마냥 즐거운 것은 아니기 때문이다. 오히려 과거나 미래 때문에 자주 현재가 흐릿해지는 어른들과 달리 아이들은 생생한 현재를 더 진지하게 산다. 아이들은 더 강렬하게 기쁘고 더 날카롭게 아프고 더 무시무시하게 두렵고 더 두근두근하게 설레고 더 날아갈 듯 기쁘다. 그래서 항상 발랄하고 쾌활한 아동 만화들이 금세 잊히는 반면 찰리 브라운은 오십 년 동안 꾸준한 사랑을 받아온 것인지도 모른다. 우리 모두의 어린 시절에 새겨진 그 생생한 감정이 찰리 브라운의 진지한 얼굴에 담겨있기 때문이다. 아이들은 진지한 반면 어른들은 쓸데없이 심각하다. 진지함은 현재의 강렬함에서 오고 심각함은 과거나 미래의 두려움에서 온다.

질문

～

질문은 대답에 대한 단순한 요청이 아니다. 리어왕은 세 딸을 모아놓고 "너희 가운데 누가 나를 제일 사랑한다고 말하겠느냐?"라고 묻는다. 대답이 불가능한 이 질문으로부터 모든 몰락과 붕괴가 시작된다. 파블로 네루다의 마지막 시집은 《질문의 책》으로, 거기에서 시인은 삶의 모든 굴곡을 겪은 노인의 어린아이와 같은 순수함으로 삶에게 316개의 질문을 던진다. 네루다는 "나였던 그 아이는 어디 있을까? 아직 내 속에 있을까 아니면 사라졌을까?"하고 묻는다. 이미 이 질문만으로 우리는 내 안의 아이에게 초대받는다.

위니코트는 아이가 가지고 다니는 애착 인형에 대해서

"네가 이것을 생각해낸 것이니, 아니면 누구한테 받은 것이니?"라고 물으면 안 된다고 말한다. 그는 이에 관한 어떤 대답도 기대할 수 없다고 하면서 "이 질문은 물어서는 안 되는 질문이다"*라고 그답지 않은 단호함을 보인다. 질문하지 않고 지켜주어야 하는 것이 있다.

혹은 우리는 질문만으로 상처받을 수 있다. 심리학자 에릭 번은 "이 꽃병을 누가 깬 거야?"**라는 엄마의 질문은 사실 아이에게 거짓말을 유도하는 트릭이라고 비판한다. 잘못된 질문으로 엄마는 아이가 미안하다고 말할 수 있는 기회를 빼앗는다. 이렇게 질문 자체에 속을 수 있는 것이라서 우리의 지혜로운 트리스트럼 샌디는 "도대체 당신이 누구요?" 하는 질문에 "그렇게 곤란한 질문은 하지 마시오"*** 하고 대답했다.

* 도널드 위니코트, 이재훈 옮김, 《놀이와 현실》, 한국심리치료연구소, 1997.
** 에릭 번, 조혜정 옮김, 《심리 게임》, 교양인, 2009.
*** 로렌스 스턴, 홍경숙 옮김, 《트리스트럼 샌디》, 문학과 지성사, 2001.

착하다

~

'어이구 우리 아들 착하네!' 쉽게 한마디 한다. 아들은 뿌
듯한 표정으로 좋아라 한다. 그냥 칭찬이고 추임새이지만
사실 착하다는 말은 무섭다. '착한' 게 뭘까? 생각해보면 그
냥 '너의 행동이 내 마음에 든다'는 뜻이다. '내가 원하는 대
로 고분고분하게 따르라'는 은밀한 요구이다. '네 욕구와 상
관없이 타인의 욕구부터 챙겨야 한다'는 은근한 압박이다.
착하다는 판단은 항상 말하는 사람이 내리는 거라 듣는 사
람은 주눅 들고 눈치 보게 된다. 착한 것과 '척하는' 것은 생
각보다 가깝다. 융은 이렇게 세상에 맞추는 자아의 한 부분
을 페르소나의 문제로 보았고, 위니코트는 거짓 자기라고

불렀다. 두 분석가 모두 '착한 척'하다 보면 내가 뭘 원하고 뭘 좋아하는지 모르게 된다는 것을 알고 경고했다.

책

~

　몇 달 동안 번역하고 여러 번 퇴고한 책이 출간되기를 기다렸다. 그런데 표지 색깔이 예상과 달라서 일주일 정도 출간 일정을 늦춘다는 이야기를 들었다. 며칠 늦어진다고 변하는 건 아무 것도 없는데, 이상하게 진한 실망감이 마음을 채운다. 민망하여 아무에게도 말하지 못했지만, 전날 갑자기 비가 와서 소풍이 연기되었다는 소식을 들은 초등학교 일학년 때처럼 실망이 깊은 것에 스스로 놀란다. 정신분석가 크리스토퍼 볼라스는 '변형적 대상'이라는 개념을 이야기한 적이 있다. 그는 "성인의 삶에서 추구되는 것은 대상을 소유하는 것이 아니라, 자기를 바꾸어놓는 수단으로서의 대상에게 자신을 맡기는 것"*이라고 말했다. 책을 읽던 이십 대와 책을 번역하던 삼십 대, 그리고 책을 쓰는 요즈음까지 벌써 삼십 년째 내게 변형적 대상은 책이구나 싶다.

이십 대 내내 깨달음을 주리라 싶어 온통 책에 매달렸다. 삼십 대 내내 하나의 언어를 다른 언어로 옮기면서 그 퇴적물이 책으로 변화하는 것을 지켜보았다. 사십 대가 되어 내 문장이 책으로 만들어지는, 부끄럽지만 설레는 경험을 한다. 이제 언젠가 읽어야 하는 책과 옮겨야 하는 책과 써야 하는 책을 내려놓고, 읽고 싶은 책들만 느긋하게 골라 읽으며 생을 즐기리라 생각한다. 온통, 책, 책, 책이로구나.

*   크리스토퍼 볼라스, 이재훈 옮김, 《대상의 그림자》, 한국심리치료연구소, 2010.

청하다

～

    사람들은 잠은 '청하는' 것이라는 사실을 쉽게 잊는다. 잠
에서 깨는 건 계획할 수 있다. 자명종도 맞추고 가족과 친구
에게 깨워달라고 부탁도 해볼 수 있다. 괴롭긴 하지만 마음
먹으면 할 수 있다. 하지만 잠 자는 건 맞이하는 일이라 땅
파고 역기 들 듯 노력할 수 없다. 그럴수록 오히려 잠은 물
러나고 정신은 맑아진다. 그래서 우리는 매일 밤 이불을 덮
고 비나 손님을 기다리듯 잠을 청하고 그렇게 잠에 든다. 잠
에 '든다'니. 잠이 우리를 삼킬 만큼 거대한 존재라고 느끼는
것이다.

    삶에는 이처럼 수동적으로 기다리고 감사한 마음으로 맞

이해야 하는 일들이 많다. 생각을 끄집어낼 때보다 생각이 떠오를 때가 많다. 사랑을 결심한다는 표현이 과연 맞을까? 사랑이 내게 왔다는 표현이 더 정확하다. 얼굴이 붉어지고 속수무책 눈물은 흐른다. 연구에 따르면 사람들은 얼굴이 쉽게 붉어지는 이들을 더 신뢰한다고 하는데, 이는 우리가 노력해서 되는 일이 아니기 때문이다. 감정이 자연스럽게 몸으로 표현되는 일을 우리는 막을 수 없다.

막을 수 없고 통제할 수 없고 명령할 수 없고 노력할 수 없는 것들이 삶의 중심을 이룬다. 침대에 누워 이런 생각을 하다 보면 의식조차 흐려지고 우리는 사라졌다가 나타난다. 그렇게 세월은 흐르고 우리는 그 강물에 실려 떠내려간다. 우리가 노력해서 태어났던가? 죽는 일도 막을 수 없을 것이니, 우리는 그렇게 하루하루 삶을 청하고 맞이한다.

초록

설탕이나 음악도, 잠이나 웃음도, 휴식이나 운동도 넘치면 과하다. 기쁨이나 슬픔도, 절제나 지름도, 기억이나 망각도 넘치면 과하다. 겸손이나 성의도, 빛이나 어둠도, 간지럼이나 애무도 넘치면 과하다. 행복조차 과하면 어느 순간 삶을 좀먹는다는 느낌이 든다. 그런데 초록은 왜 아무리 넘쳐도 과하지 않을까? 봄날에 아이들과 걸어서 내장산 계곡 안으로 들어가는데, 초록은 연하거나 진하게 두껍거나 얇게 겹치고 겹쳐서 둥글고 폭신한 궁륭을 만들고, 그 안에 고여 맴도는 빛이 일렁이며 마음속 깊이 스몄다. 봉숭아 물이 손톱에 배어 지워지지 않는 것처럼.

촉각

~

　일요일 아침, 잠에서 천천히 깨어난다. 흔들리는 커튼 틈으로 문득 햇살이 비치듯, 의식은 어렴풋하게 흔들리며 밝아진다. 몸은 어제 잠든 그 자리에 있으나 마음은 여전히 꿈속에서 혼곤한데, 발등으로 이불을 반복해서 부비는 시원하고 까슬까슬한 감각이 나를 여기로 데려온다. '나'라는 중심이 다시 생긴다. 느긋한 리듬으로 반복되는 촉각적 자극으로 의식은 현실에 닻을 내린다. 어릴 때는 모로 누워 귀를 접어 닫고 그 감각 속에서 안온하게 잠들곤 했다. 지금은 얼굴과 베개 사이에 손을 넣어 뺨을 느낀다. 몸을 입고 태어나 살아온 세월만큼 우리 육체는 감각으로 세상과 만나고, '나'

를 둘러싼 환경을 만든다. 수면과 각성 사이의 격렬한 변화를 받쳐주는 것은 촉각이다. 그리고 내가 나를 만지는 이 감각의 시작은 우리를 안고 쓰다듬는 엄마일 것이다.

친구

~

아주 오랜만에 서로 시간이 맞아 조용한 산 밑에서 고향 친구들을 만났다. 마흔다섯 살이 넘은 배 나온 아저씨들이 짐을 풀자마자 펜션 뒷마당에서 바람 빠진 공으로 축구를 했다. 눈 녹은 잔디가 축축해 미끄러지고 넘어지고 신발은 엉망이 되었다. 십 분도 채 되지 않아 넷은 숨이 턱까지 차올라 헐떡이며 더 이상 못하겠다고 선언했다. 간신히 숨을 고르고 대낮부터 맥주에 과자와 과일을 먹으며 사는 이야기를 한다. 서로를 '야!'라고 편하게 부를 수 있는 몇 안 되는 친구들. 끊임없이 술술 올라오는 옛 기억들. 남아있는지조차 알지 못했던 이십 년, 삼십 년 전 기억들이 자꾸 봄날 벚꽃

터지듯 피어올라, 서로 큰소리로 껄껄 웃으며 즐거워했다. 아침 먹고 헤어져 기차를 타니 하루 동안 솟았던 웃음과 오랜 기억 속 순수했던 감정들이 마음의 서랍에 잔뜩 쌓여 몇 달은 아껴 먹을 수 있을 정도로 마음이 풍성하다. 패티 두 장에 치즈와 양파와 신선한 토마토를 넣은 더블치즈버거처럼 푸짐하다.

칼

고기나 양파를 썰 때, 아니면 설거지하려 치우다 보면 한 번씩 식칼을 집는다. 손잡이를 쥐고 칼날을 앞으로 세우면 아무 생각 없다가도 문득 좀 불안하다. 이 불안이 뭔지 가만히 느껴보면 '찌른다'는 행동이 떠오르고, 찌르고 싶은 충동이 올라오고, 찔리면 어쩌나 하는 두려움이 거기 겹친다. 옆에 누가 지나가려고 하면 손이 움직일 것 같아 아슬아슬하다. 그러지 않을 거라는 걸 알고 있지만 그래도 울렁거린다.

오래된 스페인 격언 중에 "수도복을 입으면 라틴어도 할 수 있다"는 말이 있다. 특정 직종이 꼭 유니폼 착용을 고집하는 것도 단순히 눈에 띄기 위해서만은 아닐 것이다. 옷이 마음가짐을 만드는 것이다. 양복을 입으면 어깨를 펴고, 추리닝에 잠바를 입으면 짝다리를 짚듯이 말이다. 사물이 마음을 변화시킨다. 사물이 충동을 일으킨다. 사물은 무의식이다.

커피

보통 아침에 출근해서 한 잔, 점심 먹고 오후 일을 시작할 때 한 잔, 하루에 커피를 두 잔씩 마신다. 그 이상은 웬만하면 참는데 일단 밤에 잠들기 어렵기 때문이다. 하지만 누가 커피를 들고 오거나 쉬는 날 향긋한 커피를 만나면 한두 잔 더 마시는 날이 꼭 있다. 이런 날 별 생각 없이 일을 하거나 놀다 보면, 문득 나도 모르게 초조하고 약간 짜증스럽고 가슴이 두근두근하다. 걱정이 늘어나서 왠지 안 좋은 일이 일어날 것 같고 내용 없는 근심에 골똘히 몰두하느라 맞은편에 앉은 사람 말이 귀에 잘 들어오지도 않는다. '내가 왜 이리 불안한 거지?' 묻는다. 그리고 '아, 커피!'하고 깨닫는다.

이 생각만으로 초조한 느낌도 제법 가라앉고, 자꾸 엉뚱한 곳으로 떠돌던 상념도 희미해지고, 두근거림도 좀 줄어든다. 커피가 초조한 마음을 만들고, 생각이 심박수를 조절한다. 내 안으로 들어오는 물질과 내게서 만들어지는 사유가 같은 평면에서 만나 모두 나의 현재를 이룬다.

코골이

어릴 땐 아버지가 코 고는 게 싫었다. 주변 사람들은 다 깨우면서 당신은 아무렇지도 않게 주무시는 것을 보고 저렇게 민폐 끼치는 둔한 사람이 되지는 말아야지, 생각했다. 서른다섯 살이 넘은 어느 날, 아내가 요새 당신 코 고는 소리 때문에 잠을 깊이 잘 수 없다고 불평해서 깜짝 놀랐다. 뭔가 넘으면 안 되는 선을 넘었다는 충격에 이어, 내가 싫어하는 무례하고 둔감한 아저씨가 된 것 같아 속상했다.

나중에 전공 공부를 하다가 코 고는 사람의 뇌는 청각 피질에서 코 고는 소리의 그 주파수 대역을 꺼버린다는 것을 알게 되었다. 듣기 싫은 것을 듣지 않는 것이다. 어쩌면 우리 모두는 깨어서도 이와 같은지 모른다. 듣기 싫은 소리는, 못 들은 척하는 것이 아니라 정말로 들리지 않는 것이다. 과연 우리 편의 잘못은 얼마나 사소한가. 아주 소수의 사람만이 모든 소리를 듣고, 모든 소리에 깨어난다.

타조

일이 있어서 서울에 갔다가 버스를 타고 돌아왔다. 버스 안 TV에서 흔한 모금 프로가 나온다. 자막은 잘 보이지 않지만 아홉 살쯤 되는 남자아이가 콧줄을 꽂은 채 뻣뻣하게 이불 위에 누워있고 아이의 얼굴을 쓰다듬던 엄마가 지친 표정으로 인터뷰를 한다. 잠시 멍하게 화면을 바라보다가 얼굴을 돌려버렸다. 누가 채널을 돌려주었으면 했다. 마치 내가 보지 않으면 저 고통도 세상에 없는 것처럼. 놀라서 모래 속에 얼굴을 묻는 타조처럼. "아빠, 내가 달콤한 거 사줄게"라고 말하면서 벌써 사준 듯이 뿌듯하게 웃는 네 살 무렵 아들처럼.

폭류

~

〈폭류경〉에서 존사는 "벗이여, 가만히 있을 때에는 가라앉으며 애쓸 때에는 휩쓸려 갑니다. 이와 같이, 벗이여, 가만히 있지도 않아 애쓰지도 않아 폭류를 건넜습니다"*라고 말한다. 가만히 있지 않으면서 동시에 애쓰지도 않는 것은 상식과 논리의 세계에서는 분명 불가능해서, 존사의 말은 말장난처럼 들리기도 한다. 하지만 이 삶이라는 현장에서는 육체와 감각과 생각과 꿈이 한 시공간 속에 겹쳐있기에, 얼마든지 그 사이에 틈이 생기고 사건이 겹치는 일이 일어

---

* 폴 발레리 외, 김진경 옮김, 《가장 아름다운 괴물이 저 자신을 괴롭힌다》, ITTA, 2018.

나 모순되는 두 상태가 동시에 존재할 수 있는 것 같다. 영화 〈스파이더맨: 뉴 유니버스〉에서처럼 여럿이자 하나인 피터 파커가 동시에 서로 다른 우주에서 살면서, 한 피터가 공중을 뛰어다니는 동안 다른 피터는 복부 비만을 걱정하며 누워있을 수 있는 것이다. 우주로 갈 필요 없이 우리의 존재 자체가 이미 멀티 유니버스라서, 우리는 가만히 있지 않으면서 동시에 애쓰지 않을 수 있으며, 살면서 동시에 죽음을 기른다.

표면

마음과 정신을 이해하고 다루는 일을 하며 먹고 산다. 항상 눈에 보이지 않는 것들, 한 번 두 번 꼬고 뒤집어서 이해해야 하는 상황을 만난다. 추측하고 짐작하고 의심하지만 분명하지도 명쾌하지도 않다. 모호한 표정과 감정의 일렁임을 암중모색하며 좇는다. 일을 마치면 퇴근하면서 계절에 따른 산의 변화를 보고, 길을 걷는 사람들을 본다. 산 중턱의 자작나무 숲에서 천천히 연둣빛 잎사귀들이 머리를 밀고 올라오는 것을 본다. 가까이 다가갔다가 다시 멀리 떨어졌다가 눈에 보이는 이 뻔한 표면을 자꾸 들여다본다. 신비롭다, 마음이나 무의식보다. 사진가 게리 위노그랜드는 "분명히 묘사된 사실보다 신비로운 것은 없다"*고 말했다.

 점점 더 표면을 가까이 들여다본다. 삼십 대 초반에는 35mm 렌즈를 좋아하다가 어느새 50mm가 주력이 되었는데, 요샌 사진기를 들고 다니지는 않지만 80mm 정도 화각으로 다가가서 보는 느낌이다. 복잡한 음영을 살피려는 것이 아니고 억지로 뒷면이나 입체를 상상하지도 않는다. 눈에 비친 표면의 무늬만 따라간다. 감정 역시, 진료에서도 일상에서도, 어떤 느낌이 올라오면 그냥 마음의 살에 닿은 그 감각과 가만히 함께 있으려 한다. 그냥 더 느껴본다. 수습하거나 의미를 궁구하는 건 나중의 일이라 눈도 마음도 표면만을 따라간다. 재미있게도 시선뿐 아니라 생각이나 감정에 대한 태도도 함께 같은 방향으로 움직인다. 첫 책에서 간신히 긴 호흡과 입체적 시야를 지키려고 노력하다가 두 번째 책에선 문장이 더 짧고 단순해졌는데 지금 조금씩 원고를 적고 있는 이 세 번째 책은 더 사소하고 심심할 예정이다.

★ 제프 다이어, 한유주 옮김, 《지속의 순간들》, 사흘, 2013.

프랙털

프랙털 이론은 자연계의 복잡하고 불규칙적인 모양을 확대하면 작은 부분에도 전체와 같은 패턴이 나타난다는 것을 증명했다. 가느다란 잎맥이 자라나는 모양이 나무에서 가지가 갈라지는 모양과 닮았고, 가까이서 들여다본 바닷가의 모양이 드론에서 내려다본 해안선의 모양과 겹친다는 것이다. 그렇다면 하루하루의 잠이 죽음의 프랙털이고, 내가 이웃에게 베푸는 작은 친절이 종교적 자비의 프랙털이며, 두 아들이 함께 피아노 앞에 앉아 연주하는 젓가락 행진곡의 멜로디가 단테가 노래하는 '태양과 별들을 움직이는 사랑'의 프랙털인 것일까. 프랙털 이론을 제안했던 망델브로는 "영국의 해안선 길이가 얼마일까?" 하고 물으면서, 작은 자로 재면 잴수록 작은 패턴들이 나타나기에 그 길이는 무한할 것이라고 말했다. 그처럼 우리의 일상을 들여다보면 우주처럼 무한한 것일까?

피어나다

~

핸드폰 사진첩을 뒤지다가 문득 작년 벚꽃 놀이 사진을
보았다. 사진 속에서 분홍 꽃잎들이 길의 천장을 덮고 흐드
러지며 흩날리는데, 이상하게도 별로 감흥이 없다. 아 작년
에 여기 갔었지, 정도다. 볕이 조금 따듯해져서 가벼운 차림
으로 마당에서 분갈이를 하고 하수도 덮개를 손보는데, 아!
우리 마당 작은 매화나무에 꽃이 두세 송이 피었다. 홍매화
는 쌀알만 한 진분홍 꽃망울을 달았다. 가만히 있는데, 어쩔
줄 몰라 하는 것 같다. 내가 어쩔 줄 모르겠다. 꽃은 현재에
서 꽃이구나. 지난 꽃은 '꽃'이라는 추상에 불과해서, 그것인
지는 알겠는데 그것은 아니다.

피어나는 것들은 다 그렇다. 불꽃도, 향기도, 웃음도, 홍조도, 사랑도. 그렇게 잠깐 제 몸을 태워 빛을 내고 스러진다. 오로지 지금 이 순간에 피어나기에 애달프다. 그래서 소중하다.

피칭

~

초등학교 일학년 때부터 학교 끝나면 친구와 캐치볼을 하면서 놀았다. 낮에 심심할 땐 혼자 공터에 가서 몇 시간씩 벽에 공을 던졌다. 대학 다닐 때는 동아리방에 글러브를 가져다 놓고 가끔 친구나 후배와 강의실 옆에서 공을 주고받았다. 하지만 한 번도 정식으로 공을 던지는 법을 배운 적은 없었는데, 사실 그걸 배워야 한다고 생각하지도 못했다.

전문의 합격 소식을 듣자마자 서울을 떠날 계획을 세웠고, 아무 연고도 친척도 없는 강원도 원주로 이사를 했다. 이사하고 동네를 익혀가면서 가까운 교외에 전직 프로야구 출신 감독이 야구 교실을 운영한다는 것을 알게 되었다. 당장 등록을 하고 찾아간 첫날, 선수 출신 코치는 공 던지는 폼이 좋지 않아 부상 당하기 쉽다며 레슨이 끝난 뒤 사람들을 보내고 따로 한 시간 정도 폼을 교정해 보자고 했다. 코치는 친절하게도 피칭 동작을 하나하나 구분해서 어깨, 팔꿈치, 손목 관절의 움직이는 순서와 각도를 차근차근 가르쳐주었다. 문제는 코치가 알려준 그 자세가 내게는 굉장히 어색할 뿐 아니라 도저히 반복이 불가능한 이상한 자세로 느껴졌다는 것이다. 겉으로는 "네, 코치. 알겠습니다" 외치고 따라했지만, 속으로는 손으로 사물을 멀리 던진다는 이 원시적인 행위가 코치가 말하는 식의 그런 이상한 자세와 각도로 이루어질 리가 없다는 의심이 강하게 들었고, 그러니 더 정확하게 동작을 만들어보려는 노력도 시들해졌다.

　일 년쯤 지나 야구 교실이 문을 닫아 직장 근처에서 반 년 정도 다시 야구 교실을 다녔고, 낙향한 후에는 사회인 야구 클럽에 가입해서 일주일에 한 번 실내 연습장에서 공도 던지고 타격 연습도 했다. 그렇게 여러 명의 코치를 만나고 열 개가 넘는 글러브를 샀다가 팔면서, 심지어 아내에게 공 좀 받아달라고 사정하면서까지 피칭 연습을 했다. 어떨 땐 공부, 진료, 집안일, 아이 키우는 일 통틀어 내가 가장 진심으로 임하는 게 공 던지는 일인 것 같다고 생각한 적도 있다.

그러던 어느 날 실내연습장에서 캐치볼을 하던 중 스무 살 때부터 던져왔던 딱 그 거리를 넘어서 한 걸음 두 걸음 공이 더 멀리 날아가기 시작했다. 코어를 고정하고 어깨를 축으로 팔꿈치를 회전해서 마치 채찍 휘두르듯 던지는 느낌을 더 깊이 탐구하던 중이었다. 그렇게 어느 날 마침내 피칭 자세를 몸으로 깨달았다. 캐치볼을 '공부'한 지 딱 삼 년만의 일이다.

그 뒤로는 구속도 제법 늘었고 아무리 공을 던져도 어깨가 아프지 않았다. 검지와 중지 끝에서 공이 마지막 순간에 강하게 팅겨나가는 느낌까지도 알게 되었다. 이제 '던질' 수 있게 된 것이다. 그리하여 마침내 내 자세를 돌이켜보니, 야구를 배운 첫날 코치에게 배운 바로 그 각도와 순서로 정확하게 팔이 움직이는 것이다! 머리로 아는 것이 몸이 아는 것이 되기 위해서는 무수한 반복이 필요하구나. 옛사람들이 수심(修心)이 아니라 수신(修身)에 대해서 이야기한 이유를 새삼 느꼈다.

환상

잠에서 깨어 참담한 마음으로 어떻게 하지 한참 생각하다가, 깊은 물속에서 부력으로 떠올라 마침내 공기 속에 머리를 내밀듯 문득 꿈이었구나 깨닫는다. 꿈이라는 것을 알고 나서도 불편한 감정의 여운은 일상 속에 그대로 드리운다. 꿈이 현실로 침입하여 흔적을 남기는 것이다.

오랫동안 좌절을 겪고 우울한 생활을 해온 사람들에게는 흔히 매일 잠깐이라도 빠져드는 백일몽이 있다. 현실에서 너무 멀다는 것을 알기에 수치스러워하며 오래 감추는, 그래서 간신히 털어놓는 환상들이다. 800억 원짜리 골프장을 사서 정치인과 골프를 치거나, 내 이름이 붙은 수학 공식을 발견하거나, 명문대에 합격해서 선망하는 눈빛을 즐기고, 연예인이 되어 유명한 영화에 출연한다. 이들에게 환상은 끊임없이 무너져 내리는 현실을 견디고 마음의 균형을 잡아주는, 현실보다 더 위로가 되는 닻이다. 환상 덕에 이들은 현실을 감당하고 간신히 한 걸음씩 앞으로 나아간다.

라캉은 나를 처음 인식하는 순간은 일종의 환상이라고 말했다. 제 팔다리조차 제대로 움직이지 못하는 아기가 거울에 비친 자신을 보고 제가 온전한 존재라고 '착각'하는 것이다. 안나 프로이트는 아이들은 사자인 척하고 선장인 척하지만, 결국은 자기 자신인 척한다고 말했다.* 환상은 현실을 침범할 뿐 아니라 지탱한다. 자아를 속이기 이전에 구성한다.

---

* 안나 프로이트, 김건종 옮김, 《자아와 방어 기제》, 열린책들, 2015.

흉내

데이비드 로젠한의 유명한 실험에서 사람들은 정신병원에 가서 미친 척했다가 미쳤다고 진단받았다. 로젠한은 이를 정신의학의 한계라고 비판했지만, 우리는 과연 미친 척하는 것과 미친 것을 구분할 수 있을까? 햄릿은 아버지 죽음의 비밀을 알고 난 후 미친 척하기 시작한다. 미친 '척'하지만 이미 행동과 말은 이유와 목적에서 어긋나고, 그 때문에 오필리어는 결국 정말로 미쳐버린다. 광기를 흉내 내다가 광기를 불러낸 것이다.

웃음 치료에서 사람들은 웃는 척하다가 즐거워진다. 웃는 데 쓰이는 얼굴 근육을 억지로 움직이다 보면 정말로 즐거운 감정이 떠오르고 진짜로 웃게 된다. 웃음을 흉내낸 것이 웃음을 불러낸다.

셰익스피어는 죽음에 대해서 말하면서 그건 흉내에 불과하다고 했다. 그런데 여기에서 우리가 흉내내는 건 죽음이 아니라 인간이다. "죽는다는 것은 속이는 것이다. 생명을 지니지 않았으니, 인간인 척하는 것뿐이다."*

---

* 윌리엄 셰익스피어, 《Henry Ⅳ》.

바라;봄

초판 1쇄 발행 2022년 4월 20일
초판 2쇄 발행 2022년 5월 4일

지은이·김건종
펴낸이·박영미
펴낸곳·포르체

편 집·임혜원, 이태은
마케팅·이광연, 김태희

출판신고·2020년 7월 20일 제2020–000103호
전화·02–6083–0128 | 팩스·02–6008–0126 | 이메일·porchetogo@gmail.com
포스트·https://m.post.naver.com/porche_book
인스타그램·www.instagram.com/porche_book

ⓒ 김건종(저작권자와 맺은 특약에 따라 검인을 생략합니다)
ISBN 979-11-91393-76-7(03810)

여러분의 소중한 원고를 보내주세요.
porchetogo@gmail.com